KB123464

구한말 선교사
애니 베어드의
한글 선교소설

구한말 선교사
애니 베어드의
한글 선교소설

메타모포시스
교양문고

Annie Baird

장경남 · 오지석 역

보고사
BOGOSA

구한말 개항 이후에 한반도에는 미국을 비롯한 서양 선교 사들이 입국하여 본격적인 선교 활동을 펼쳤다. 그들은 다양하게 선교 활동을 하였는데, 문서 선교 또한 중요한 활동이었다. 선교사들은 한반도에 거주하면서 우리의 문화 체험을 하였고, 이러한 체험은 그들의 모국어로 작성되어 서양에 소개하면서 조선을 세계에 알리는 역할도 하였다. 그들은 우리의 문학 가운데 고전소설이나 설화를 주요 대상으로 삼아 번역하였다. 이를 통해 우리의 문학이 세계에 알려지는 계기가 되기도 했다. 동시에 우리의 고전소설 작품에 대한 인식도 높여가게 되어 고전소설의 형식을 활용하여 소설을 창작하기도 하였다.

여기에 소개하는 애니 베어드 선교사의 한글소설은 바로 고전소설의 틀을 활용한 선교소설이다. 이 소설에는 당시에 인기를 끌었던 고전소설 형식을 이용하여 선교 내용을 담음으로써 일반 대중에게 쉽게 다가가려고 했던 것이다. 아주 효율적인 선교 활동인 셈이다. 어떻게 보면 새로운 형식의 소설의 등장으로도 여길 수 있는 선교소설의 탄생은 우리 문학사에서 주목할 만한 사건이기도 하다.

숭실대학교 한국기독교문화연구원 HK+사업단은 "근대 전환공간의 인문학 – 문화의 메타모포시스"라는 아젠다로 문학과 역사와 철학을 아우르는 다양한 인문학 연구자들이 학제간 연구를 진행하고 있다. 개항 이래 식민화와 분단이라는 역사적 격변 속에서 한국의 근대(성)가 형성되어온 과정을 문화의 층위에서 살펴보는 것이 본 사업단의 목표이다. '문화의 메타모포시스'란 한국의 근대(성)가 외래문화의 일방적 수용으로도, 순수한 고유문화의 내재적 발현으로도 환원되지 않는, 이문화들의 접촉과 충돌, 융합과 절합, 굴절과 변용의 역동적 상호작용을 통해 형성되었음을 강조하려는 연구 시각이다.

본 HK+사업단은 아젠다 연구 성과를 집적하고 대외적 확산과 소통을 도모하기 위해 〈메타모포시스 인문학총서〉, 〈메타모포시스 번역총서〉, 〈메타모포시스 자료총서〉, 〈메타모포시스 교양문고〉 등 네 분야의 기획 총서를 발간하고 있다.

이 책은 〈메타모포시스 교양문고〉 1권으로 기획되었다. 숭실대학교를 설립한 베어드 선교사의 부인인 애니 베어드 선교사는 평양의 숭실대학에서 학생들을 가르치면서 선교 활동도 활발히 전개하였다. 이 책에서 소개하는 네 편의 소설은 애니 베어드 선교사가 한글로 창작한 선교소설이다. 네 작품은 선교의 내용을 달리하고 있는데, 작품의 수록 순서에 따라 무신론자에게 기독교를 전파하는 작품으로 시작해서 기독교인이 되어 이상적인 가정을 꾸리는 작품으로 마무리되고 있다.

애니 베어드의 선교소설은 메타모포시스 관점에서 읽을 여지가 많다. 본 사업단에서 추구하는 연구 사업의 성과를 일반 대중에게 확산시키고자 하는 의도에 적합한 자료이기에 일반 대중에게 소개할 목적으로 이 책을 간행한다. 이 책이 구한말의 선교사들의 활동, 조선의 상황, 그리고 당시 문화적 변통에 대한 이해를 높일 수 있기를 기대한다.

2021년 3월
숭실대학교 한국기독교문화연구원 HK+사업단장
장경남

일러두기

1. 이 책은 숭실대학교 한국기독교박물관에서 소장하고 있는 『싯별젼』(예수교서회, 1905), 『쟝자로인론』(예수교서회, 1906), 『고영규젼』(예수교서회, 1911)을 대본으로 현대역을 한 것이다.

2. 현대역은 가능하면 간행 당시의 어감을 살리려고 하였으며, 낯선 단어는 풀이를 병기하였다.

3. 작품에 인용된 성경 구절은 간행 당시의 느낌을 살리고자 지금 통용되는 것으로 풀어쓰지 않고 원문에 충실했다.

4. 작품 중에 삽입되어 있는 삽화는 원전에 있는 그림 전부를 이야기 내용에 맞추어 배치해 놓은 것이다.

차례

장자로 인론

한 장자 노인이 있었다. 노인은 재산이 많고 집도 아주 컸다. 집터는 명랑한 곳인데, 산을 등지고 강을 앞에 두고 좌우에는 긴 소나무와 푸른 대나무가 우거지고 사시사철 경치가 뛰어났다. 조금도 부족한 것 없이 남녀 노비도 거느리고 있었다. 집이 화려하고 재물이 많아 곳간마다 돈과 보물이 가득했다. 귀한 짐승의 가죽과 화문석, 자개, 함롱[函籠: 두 개의 함이 한 쌍으로 포개지도록 된 가구]과 화류 탁자며 각종 귀한 물건이 없는 것이 없었다.

노인은 외아들 하나를 두었는데, 재주와 지혜와 인자함이 출중하여 극히 사랑하였다. 의복을 지어 주되 색깔이 고운 옷으로 생전 입을 것을 수없이 지어두었고, 또 집 재산을 다 맡기었다. 아들은 부모에게 효성을 지극히 하여 부친 명령을 조금도 어김이 없었다. 이러니 노인은 추호도 마음에

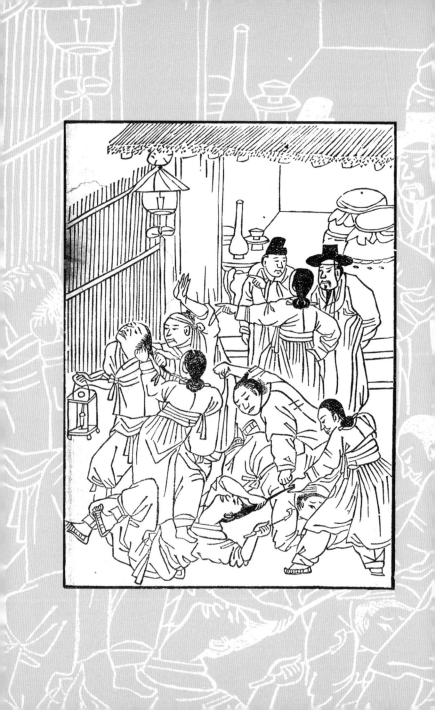

부족한 것이 없었고 부귀영화도 비할 데 없었다.

그러나 그 노인이 일생 마음에 편치 못한 것은 그 전후에 있는 동네 사람들이었다. 노인이 날마다 저녁에 동네를 드나들 때면 동네의 집에서 무슨 소리가 들렸다. 혹 매 때리는 소리도 나니 대단히 싸우는 모양 같기도 하고, 경 읽는 소리도 나니 반드시 병든 사람 있는 것도 같고, 한숨을 쉬고 통곡을 하는 소리도 나니 반드시 사람 죽은 모양도 같고, 또 주정꾼의 소리도 나며, 오입쟁이가 계집을 어르는 소리도 나며 장부를 후리는 공교한 웃음소리도 나니 음란한 일이 있는 모양도 같았다.

밤이 깊으면 조용한 모퉁이에서 은근한 발자취 소리도 나며, 혹 도망하는 소리도 나니 도적이 든 것도 같고, 또 젊은 과부의 한숨 소리와 빈궁한 사람의 배고픈 소리와 부모 없는 아이의 우는 소리도 나며, 혹 병든 사람 구완하며 죽을까 싶어 흐느끼는 소리도 나며, 남편 있는 계집이 홀로 앉아서 그 남편이 외입도 하고 집안일을 돌보지 않아 탄식하는 소리도 났다. 또 낮에 다니며 사람들이 입은 옷을 보니 깨끗한 사람이 하나도 없었다. 혹 자주 빨래를 해 입었어도 마음이 더러우니 그 더러운 것을 차마 보지 못할 정도였다. 그러므로

노인이 영화롭고 평안한 가운데에도 하루도 마음이 편치 못하였다.

노인이 하루는 마음에 작정하기를,

'내가 내 집 사대문을 열고 그 불쌍한 사람들에게 다 나눠주고 나와 함께 살고 먹게 하고, 그중에 병든 사람도 고쳐주고 슬픈 사람을 위로하고 내 손으로 그 눈물을 씻어주고, 내 영화와 권세를 다 나눠주고, 또 더러운 옷을 대신하여 내 아들의 의복을 나눠주어 내 앞에 오기를 부끄럽지 않게 하되, 밤사이 어떠할지 모르겠으니 내일을 기다릴 수가 없다.'

하고, 즉시 통문을 썼다.

「나밖에 너희들을 은혜롭게 해줄 이 없다.」

하며,

「일동 사람들은 그 고생과 걱정 근심을 다 버리고 내 집에 들어와서 나와 함께 영화를 누리자.」

하고, 마음에 작정한 대로 통문에 다 쓰고 도장을 찍은 후에 하인을 불러 집집마다 보내게 하고 앉아 기다렸다.

그 동네 사람들이 통문을 한결같이 믿지 않았다. 어떤 사람은 말하기를,

"그러할 리가 없으니 믿을 수 없다."

하고, 또 어떤 사람은 보고도 무슨 일인지 자세히 모르고 묻지도 않고 자신과 상관없는 일로 여겼다.

또 어떤 사람은 말하기를,

"진실로 그러할지라도 염치가 없어 못 가겠다."

하고, 또 어떤 사람은 말하기를,

"그럴듯하다마는 내가 혼사를 정하였으니 인간대사를 마치지 않고 갈 수 없다."

하고, 또 한 사람은 말하기를,

"큰 흥정을 하였으니 그 회계를 해야 쓰겠다."

하고, 또 어떤 사람은,

"빨래를 시작했으니 바빠서 못 가겠다."

하고, 또 한 사람은 말하기를,

"택일도 하지 않고 갑자기 이사할 수 없다."

하고, 또 한 사람은,

"제삿날이 되었으니 제사를 빠뜨리면 불효를 면치 못하겠다."

하고, 또 한 사람은,

"무슨 일이든지 그렇게 급히 할 수 없다."

하고, 또 한 사람은,

"즉시 가고 싶지만 다른 사람이 별로 가는 이가 없으니 혼자 가기가 좀 무엇한 듯하여 못 가겠다."

하고, 또 한 사람은 말하기를,

"우리가 다른 것은 없으니 부득이 가겠지만 옷은 내 옷만 하여도 넉넉한데 제 아들의 옷을 입고 오라 하니 남의 옷은 옷 아니오? 아니꼬와 안 가겠다."

하고, 또 한 사람은 말하기를,

"물이 없나 볕이 없나? 옷이 더럽거든 빨아 입지 게으른 것을 남에게 보이고 남의 옷을 입고 갈 수 없다."

하고, 또 어떠한 사람은 말하기를,

"우리가 무식을 면하였으니 그 노인도 유식한 것을 좋아 하실 터인즉 오히려 무식한 사람이 옷 잘 입고 간 것보다 남루하게 입고 간 우리를 더 반가워할 것이다."

하고, 또 어떤 사람은 말하기를,

"점잖은 사람이 남의 옷을 얻어 입고 가는 것이 안 될 말이오. 그 노인이 오히려 우리를 더 낮게 볼 터이니 그리 아니한들 곁눈질로 볼지라도 말 못 할 것이다."

하고, 또 어떠한 사람은,

"아무리 생각해도 까닭 없이 이 모양 하는 것이 필시 곡절이 있구나. 만일 사람이 가지 않으면 크게 걱정이 될 터인즉, 따로 품값을 줄지라도 사람을 많이 후려 오기를 좋게 여길 것이다. 우리는 사람 후리기로 대담하고 나서겠다."

또 그 곁에 있는 사람은 말하기를,

"사람을 유인만 하면 다른 사람은 귀와 눈이 없어 그 유혹에 빠지겠느뇨? 그렇지 아니하여도 근본이든지 행실이든지 외양 곁눈질이든지 우리 같은 이가 몇이 가면 세상 인심이 높은 사람조차 놀기를 좋아해서 절로 의심 없이 많이 모일 것인즉, 말이 없는 가운데 우리가 가장 그 주인에게 가까운 사람이 될 것이다."

하고, 또 한 사람은 들어가려 하다가 비천한 사람이 많이 들어가는 것을 보고 생각하기를,

'저런 사람들과 같이 한집안 식구가 되어 걱정 없이 지내는 것이 차라리 가난 겪는 것만 못하다.'

하고, 또 한 사람은 본래 자기 옷이 더러운 줄 알고 옷 주는 것을 반갑게 알지만, 전에 입지 않던 옷이므로 남이 흉볼 것을 부끄러워하고, 또 어떤 여인들은 말하기를,

"우리들은 예도 모르고 말할 줄도 모르고 큰 살림도 할

줄 모르니 근본 가난한 사람이다. 빛나는 옷으로 바꾸어 입어도 모양도 아니 나고 스스로 부끄러우리니 부득이 못 가겠다."

하고, 여러 사람이 핑계를 댔다.

그러나 그 중에는 노인의 말을 진실하게 믿고 고맙게 여겨 온전히 받을 마음으로 주의[主義: 굳게 지키는 주장이나 방침]를 정한 사람들이 있었다. 자기가 입던 더러운 옷을 벗고 그 노인이 주신 빛나는 옷을 입고 전에 귀히 쓰던 집안 물건을 보니, 그 새로 입은 옷에 비하면 마음에 매우 더러운 것으로 여겨 다시 생각하기를,

'내가 나간 후에 남이 보고 흉볼까?'

하고, 무서워서 다 깨끗이 씻어 버리고 마당까지 깨끗이 쓸고 또 생각하기를,

'내가 전에 더러운 것을 모르고 고생을 겪고 거의 죽게 되었다가 이 노인의 은혜를 입어 이처럼 살게 되고, 내 몸이 이처럼 귀히 되었으나 나는 조금도 남에게 은혜를 끼친 것이 없고, 도리어 남을 해하게 한 일이 많으니 부끄러울 뿐 아니라 내가 이후라도 복을 받지 못하리라.'

하고, 즉시 이전에 원수가 된 사람이며 남에게 빚진 것이며

남에게 악하게 한 것을 다 생각하여 원수를 풀고 빚을 갚고 악하게 한 것을 사죄하고, 또 생각하였다.

'나는 이처럼 귀히 되었으나 다른 사람들을 보니 이전에 나와 같이 고생하는 사람들이 고집스럽게 남의 은혜를 입는 것이 신실하지 않다고 하고, 내 말로 여러 차례 권해도 듣지 않고 혹 내 말을 좇는 자도 있구나.'

차차 날이 저물자 그 노인의 집 문을 보니 네 개의 문에 등불이 다 밝게 비추고 있었다. 이 사람들이 들어가니 대문을 활짝 열었다. 중문에서는 하인이 들어가는 사람들 인도하고 그 집 주인까지 나와서 손을 잡고 인도하여 안에 들어가 일용지물[日用之物: 날마다 쓸 물건]을 다 섬겨주었다. 또한 고생하던 것을 위로하니 전에 하던 걱정과 괴로움이 다 봄눈같이 사라졌다.

차차 밤이 깊어지자 큰 문 밖에 여러 사람이 모였는데, 혹 어떤 사람은 크게 기침하며 점잖은 모양으로 온 사람도 있고, 혹 성경현전[聖經賢傳: 성현이 지은 여러 가지 책]을 가지고 온 사람도 있고, 혹 귀하게 여기는 보물도 가지고 온 사람도 있고, 혹 잘 생긴 사람도 있어 말하기를,

"외모로 꾸민다."

하였다. 그런데 모두 자기가 입던 더러운 것만 입고 그 주인이 주신 빛나는 옷을 입고 온 사람은 하나도 없어서 문을 닫고 들이지 않았다. 이 사람들이 오면서 하던 생각은 다 쓸데없는 것이었다.

　그 동네에 있는 사람들이 분주히 하는 일은 물건을 사고 파는 것이며, 빚을 주고받는 것이며, 잔치하고 제사상 차리는 일이며, 굿하며 노름하는 일이었기에 하는 말이,

　"재미는 우리 재미보다 더한 것 없고 세월 가는 줄을 모르겠다."

하고, 또 쉬운 말로 서로 의논하기를,

　"우리가 이 일을 다 하고 할 일이 없거든 거기나 가보자."

하였다.

　이때에 밤이 더 깊고 그 노인 댁 문도 굳게 닫히고 날이 흐려 캄캄하였다. 사면에 번개가 치며 천둥소리가 대단히 요란하여 아무 일도 할 수 없었다. 그 동네 사람이 노래하는 소리, 징과 장구 소리, 웃음소리가 다 변하여 애통해하는 소리가 되었는데 하늘에서 상서로운 기운이 비치며 갑자기 땅이 울리더니 그 동네가 지함[地陷: 땅이 움푹하게 가라앉아

꺼짐]되어 바다로 들어간 것 같았다.

이 말씀이 거짓말 같아도 참말이요, 성경 66권 가운데 큰 뜻이오.

이 세상은 걱정 근심으로 사는 곳이어서 서로 다투는 일과 시비하는 일과 포악한 것으로 세월을 지내니, 임금부터 낮고 천한 사람까지 걱정 없는 사람이 하나도 없도다. 이해에 풍년이 들더라도 다음 해에는 흉년이 들까 걱정이오. 오늘 잘 먹고 잘 입어도 내일 어떠할지 알 수 없고, 오늘 몸이 편하여도 내일 병들어 죽을지 알 수 없고, 또 사람마다 사후에 좋은 곳으로 가고 싶지 않은 이가 어디 있으리오? 이 세상에서 제일 높은 이보다 더 높으신 하나님께서 천당 문을 열고 우리 세상 사람을 귀천이 없이 다 들어오라 하시고, 그 천당에 있는 권세와 영화와 한없는 즐거움을 다 우리에게 나누어 주신다고 하셨도다. 그러나 더럽고 죄가 많고 회개할 마음이 없으니 어찌 그곳에 들어갈 수 있으리오? 하나님께서 우리를 사랑하시므로 우리가 입던 더러운 것을 벗게 하시고 빛난 새 옷을 주셨으니, 이 옷은 예수님의 옳은 것이로다. 예수님이 누구이신가 하니 하나님의 귀하신 외아드님이로다. 하나님께서 우리를 사랑하사 우리의 죄를 대신하여 우리를 사하여 주시려고 이 세상에 내려보내 사람이 되었도다. 그러나 우리처럼 죄 있는 몸이 되지 않으시고 온전히 착하시고 옳으신 몸으로 우리 대신 무수히 고난과 멸시를 받고 죽기까지 하였도다. 우리 죄로 우리 몸에 형벌 받을 것을 생각하면 어찌 감사하지 않겠는가? 이같이 우리 죄를 벗겨 주셨으니 즉시 그 옳으시고 착하신 것을 입어야 옳은 사람이 되어 천당에 갈 터이거늘, 슬프다. 그 주인이 주신 고운 옷을 입은 사람이 어디 있으리오?

   사람마다 저의 근본을 좋은 체하는 행실로 옳은 사람이 될 줄 알고, 천당에 가기 어렵지 않다고 하면서 말하기를,
   "내가 불효한 바도 없고 제사를 받들지 못한 바도 없고, 염불로 말하여도 나와 같이 부지런히 하는 사람이 없을 듯하고, 또 귀신 위하는 것으로 말하면 나보다 더 자주 굿을 한 사람이 없을 것이다."
   또 하는 말이,
   "사람의 마음속이야 누가 알리오? 내 속은 어찌 되었든지 외양으로 말하면 풍채가 누구만 못한가, 체신과 예의가 남

만 못한가, 언어 수작이라도 무식한 품은 아니 뵐 터이오, 천당은 근본 옳은 사람이 가는 곳이라. 우리 같은 사람이 들어가지 않으면 어디든지 별로 나은 사람이 없을 것이다." 하고 헛되이 바라니, 이것은 그 주인이 주시는 옷은 입지 않고 저 입던 옷만 입고 가는 것이므로 하나님 보시기에 벗은 사람과 같은 것이어서 듣지 않으시고 일러 말씀하시기를,

"내 뜻을 배반하는 자는 내게 오지 말라. 너 같은 사람으로 인하여 지옥 불구덩이를 예비하여 너희들과 마귀와 함께 있게 하리라."

하셨다.

사람들이 다 이 말씀이 외국으로부터 왔다고 하면서 고집을 부려 듣지 않고 가볍게 여기고, 하나님의 말씀이라 하면 거짓되고 미덥지 않다고 하면서 생각도 하지 않았다. 또 어떤 사람은 말하기를,

"가령 그 말이 옳다 할지라도 생애에 골몰하니, 나중에는 그보다 더 좋은 곳이 있을지라도 지금 굶어 죽을 것이 무섭다."

하고, 또 한 사람은 말하기를,

"그것이 무슨 말이냐? 이 세상에서 눈에 보이는 쾌락은

누리지 않고, 보지도 못하고 있을지 없을지 자세히 알지도 못하는 것을 힘쓸 것은 없다."

하고, 또 어떤 사람은 말하기를,

"하고 싶어도 정신이 없어 못 하겠다."

하고, 또 말하기를,

"할지라도 동네 사람들이 어리석다고 흉볼까 싶어 못 하겠다."

하였다. 불쌍하다. 그런 사람이 어찌 지옥 불구덩이를 면하겠는가? 누구든지 이 말씀을 듣고 믿고 그 전에 지은 죄를 다 벗고 예수의 옳음을 입고 세상 사람 가운데서 나오고 예수에게 붙은 사람이 되면 어찌 그 사람의 즐거움을 측량하겠는가? 그런 사람들이 걱정 근심 있는 곳을 떠나 지옥에 빠짐을 면하고 깨끗하고 명랑한 데로 가면 어찌 반갑지 않겠는가? 우리가 바라는 것은 그 주인이 주시는 옷을 입고 가서 천당 문을 두드리면 하나님께서 반갑게 맞아들여 그 영화로운 잔치에 참예[參五: 참여하여 관계함]할 것밖에 더 바랄 것이 없도다.

이 말씀을 보는 사람은 오늘 마음을 작정하실 것은 사후에 가는 곳이 두 곳밖에 없으니, 천당에 가는 것과 지옥에 가는 것 중에 어느 것이 좋을지는 이 말씀을 보신 후에 즉시 작정하시고 내일로 미루지 마시오. 사람의 사생을 모르는 것은 오늘 죽을지 내일 죽을지 모르는 것이니, 자세히 생각하시오.

고영규전

제1장

이전에 아무 고을에 사는 열세 살쯤 된 고영규라 하는 아이가 있었다. 그 집이 산골에 있어서 다른 사람을 잘 보지 못해 자신이 사는 곳 밖에는 다른 세상이 어떠한지 알지도 못하였다. 어려서 몇 해 동안은 학당에 다녔으나 부모가 일찍 죽고 집이 가난하여 좀 큰 후에는 공부를 멈추고 집에서 농사일을 도왔다. 봄에는 밭을 갈아 종자를 심고, 여름에는 김을 매고, 가을에는 추수하며, 겨울에는 낫을 들고 산에 올라가 겨우내 땔 나무를 해서 쌓아두었다.

영규는 혹 한가할 때에는 큰 바위 곁이나 나무숲 가운데로 가서 팔을 의지하여 눕곤 했는데, 마음이 공중에 떠서 여러 가지 일을 생각하다가 홀연히 공중에 솟구친 흰 구름이 이리저리 떠다니는 것을 보고는 생각하기를,

'저것이 무엇이며 어디로 오고 어디로 가는가?'

하고, 또 그 곁의 나무 위에 앉아 있는 아름다운 새의 처량한 소리를 듣고는,

　'저같이 쓸 데 없는 새라도 고운 의복을 입고 처량한 소리를 하는 것이 어찌함인가?'

하고 생각했다. 또한 수풀 사이에서 날쌔고 아름다운 노루가 왕래함을 보고는,

　'사람이란 것은 이 짐승보다 더 나은 것이 무엇이냐?'

하고 생각했다.

　영규가 항상 바위 곁에나 수풀 속에 누워서 이같이 생각할 때마다 마음이 답답하고 비감한 회포가 있었다. 이는 자신의 몸을 보고 사람이란 것이 무엇인가? 공연히 세상에 나서 얼마 동안 고생스럽게 구름과 같이 떠돌다가 돌아갈 때에는 이 세상보다 더 어려운 곳으로 갈까 근심하고, 또 이 세상 사람들이 술 먹고 투전하며 욕하고 싸우는 것과 여러 가지 좋지 못한 일을 행하는 것을 헤아려보고 마음에 생각하되,

　'사람이 다 이같이 될 수밖에 없는가? 내가 어찌하면 이보다 나을까?'

하면서 이같이 묵상한 후에 집으로 내려와서 하루 동안 아무것도 먹지 않았다. 할머니는 영규가 굶는 것을 보고 꾸짖기를,

"너는 어찌하여 밥을 먹지 않느냐?"

하니, 영규는 대답하기가 싫었지만 할머니가 자꾸 묻기에 조용히 대답하기를,

"신령한 마음을 얻고자 하여 먹지 않습니다."

하니, 할머니는 웃고 말하기를,

"신령한 마음을 얻은 사람이 어디에 있겠느냐? 밥이나 먹어라."

하고, 몸을 돌이키며 스스로 외워 말하기를,

"울룩불룩 저 남산 보게, 너도 죽으면 그 모양 되겠네."

하였다.

영규가 어떤 때에는 알고자 하는 마음이 심히 많아 집에서 나가 조용한 곳에 가서는 궁리했다. 혹 공중에서나 혹 산과 계곡에서나 어떤 소리가 나서 어떻게 해야 좋은 일을 행하고 내세에 좋은 곳으로 갈 방책을 가르쳐 주기를 바랐으나 아무 소리도 듣지 못했다. 영규가 이렇게 여러 해를

지내더니 차차 그 혈기와 육체가 장성하였다. 더는 신령한 뜻을 생각하지 않고, 이 세상에 있는 것만 탐스럽게 여겼다.

할머니는 점점 늙어 쇠약해지자 밥 짓는 일과 바느질 일을 잘하지 못하게 되었다. 항상 영규에게 말하기를,

"너는 왜 아내를 데려오지 않느냐?"

하였다.

하루는 할머니가 영규의 신부로 맞이할 사돈집에 가서 사돈과 의논한 후에 점쟁이에게 혼인하기에 좋은 날을 받아 돌아와서는 혼인 잔치를 준비하였다.

제2장

이때에 정혼한 아내 길보배는 가까운 동네에 살고 있었다. 보배에게는 동생이 많았는데 보배가 어렸을 때부터 그 아우들을 업고 다니며 또 집안일을 부지런히 도왔다. 아침에는 일찍 일어나서 밥을 짓고 집 안을 정리하고, 날씨가 좋으면 빨랫감을 머리에 이고 시냇가에 가서 빨래를 해다 양지 곁에 널어 말리며, 저녁에는 밤이 깊도록 그 어머니와 함께 다듬이질을 했다. 이렇게 바느질이나 모든 일을 다 힘써 하여

잠시라도 세월을 헛되이 보내지 않았다.

보배는 부지런히 집안일을 하며 즐겁게 지냈는데, 오직 한 가지 걱정은 부모가 자기를 시집보내는 것이었다. 하루는 정혼한 남편 영규의 할머니가 와서는 부모와 함께 잔칫날 고르는 일을 의논했다. 보배는 그 말을 듣고 마음이 우울하여 혼사를 피할 방책만 생각하고 꾀병을 냈다. 머리와 다리가 아파서 아무 일도 하지 못하겠다며 방바닥에 누워버렸다. 그러나 부모는 자기 딸이 시집가지 않으면 병신이라 놀림을 당할 줄 알아서 보배의 말을 듣지 않고 시집을 보냈다. 어머니는 자기 딸이 집안일을 잘 보던 것과 모녀간 다정함과 또 시집가면 오랫동안 보지 못할 것을 생각하고 눈물을 많이 흘렸고, 아버지도 한숨을 쉬며 가만히 그 옷고름으로 눈물을 씻었다.

보배는 시집을 가서도 시할머니와 남편에게 수종[隨從: 따라다니며 곁에서 심부름을 함]하기를 본가에 있을 때나 다름이 없게 했다. 시집 일을 다 잘하였으나 불행히 영규에게 멸시를 당했다. 영규는 아내를 처음 볼 때부터 싫어했는데, 그 용모와 눈이 총명한 것과 성품이 온순한 것은 생각하지 않고, 다만 낯에 주근깨가 있고 입이 좀 넓은 것만 보고 미워

했던 것이다.

보배가 여러 해 동안 밤낮으로 쉬지 않고 그 연약한 몸으로 어려운 일을 많이 하였다. 그런데 아침에 일어날 때부터 밤에 그 곤한 몸이 누워 잘 때까지 마음에 한 가지 하는 생각은 어떻게 해야 우리 부부 사이가 가까워질 수 있을까, 무슨 아름다운 행실을 보여야 이런 소박을 면할 수 있을까 생각하느라 밤에 시할머니와 남편이 잠이 깊이 든 후에라도 잠을 자지 못했다. 본가의 일과 남편의 무정함을 생각하며 가만히 울기도 했다. 보배가 이같이 낙심한 중에도 한 가지 바라는 것은 자기가 아들을 낳으면 남편이 즐거워하리라는 생각이었다. 그러나 4-5년을 기다려도 아기를 낳지 못했다. 남편은 보배를 돌계집이라고 하면서 꼼짝도 못하게 억누르며 자기는 술을 마시고 외입[자기의 아내가 아닌 여자와 정을 통함]을 하기 시작했다. 보배는 더욱 원통하게 하루하루를 지냈다.

하루는 보배가 시할머니에게 묻기를,

"어떻게 하면 아들을 낳을까요?"

하니, 시할머니가 대답하기를,

"절에 가서 부처에게 백일기도나 하여보자. 나도 전에 아이를 낳지 못하여 백일기도를 하였더니 소원대로 아들을 낳았다."

하니, 보배가 그 말을 듣고 날마다 향을 가지고 절에 올라가서 부처에게 절하고 빌면서 말하기를,

"아들을 낳게 하소서."

하였다. 백일기도하는 동안에는 중에게 쌀과 돈을 주었고, 몸을 정결케 하려고 매일 목욕하며 고기도 먹지 않았다. 백일기도를 끝낸 후에 마침내 잉태한 줄을 깨닫고 대단히 기뻐하였다.

남편 영규도 자기 아내가 아들을 낳을 줄 믿고 학대와 외입을 그치고 해산하기만 고대하였다. 슬프다! 보배가 해산할 때가 이르러 딸을 낳으니, 영규는 화가 나서 집에 들어가지도 않고 곧 의관을 하고 나가서 보름 동안을 돌아오지 않았다. 시할머니도 보배가 아들을 낳지 못한 것을 분하게 여겨 아기까지 멸시하였다.

보배가 두 번째 잉태하여 또 딸을 낳으니, 남편 영규가 얼굴을 바라보며 말하기를,

"이년아. 너는 계집아이밖에 못 낳느냐? 또다시 계집아이를 낳으면 나는 멀리 나가서 다시 오지 않겠다."

하였다. 보배는 몸을 떨며 말하기를,

"어찌할꼬!"

하였다.

보배가 또 잉태하니 그날부터 아들을 낳기를 바라고는 무거운 몸을 이끌고 날마다 산에 올라가 엎드려 기도하기를,

"아무쪼록 아들을 낳게 하여 주소서."

하고, 해산하는 날까지 이같이 간절히 빌었으나, 해산할 때에 또 계집아이를 낳으니 영규가 계집아이인 줄 알고 발로 아내를 차며 말하기를,

"차라리 돌계집만 못하다."

하고, 이에 행장을 차려서 다른 곳으로 나갔다. 보배는 소원을 이루지 못하자 가슴을 치며 말하기를,

"애고, 애고! 어떻게 살꼬? 내가 무슨 죄를 지어 이렇게 되는가?"

하였다. 보배는 마음이 뒤숭숭하여 약을 먹고 죽을까도 생각해 보고, 아기를 버리고 절로 가서 중노릇을 하려고도 생각했으나, 아기를 버릴 수도 없고 나이 많은 할머니를 돌아볼 수밖에 없어 상한 몸을 참고 힘써 세상살이를 하였다.

제3장

이때에 고영규가 집을 떠나 도의 감영까지 갔는데, 전에
유람하지 못하여 보지 못하였던 경치를 많이 구경하였다.
하루는 장날에 거리로 다니며 구경하는데, 거리 곁에 한 사
람이 책을 많이 펴놓고 팔고 있었다. 영규가 그 곁에 가 서서
「환란 면하는 근본이라」 하는 전도지를 얻어 보고 마음에
생각하기를,

'우리 계집아이 낳는 환을 면케 할 수 있는가?'

하는데, 그 매서[賣書, 돌아다니며 전도하고 성경책을 파는 사람]
가 또 참 복을 얻는 길을 가르치는 종이 한 장을 주었다.
영규가 또 마음에 생각하기를,

'내게 어떻게 참 복된 아들을 낳는 법을 가르치려나.'

하고, 보았으나 무슨 뜻인지 알지 못했다. 또 매서의 전도하
는 말도 도무지 알아듣지 못했다.

영규가 그 감영에서 얼마동안 허랑방탕하게 지내다가 이
곳보다 더 좋은 경치를 보고자 서울로 올라갔다. 도중에 객주
에서 자다가 홀연히 깨니 한 사람이 여러 사람에게 말하기를,

"하나님을 공경하는 것밖에는 복락[福樂: 복을 얻는 일과 즐
겁게 사는 일]을 얻을 방책이 없도다."

하니, 영규가 스스로 말하기를,

"주색보다 더 좋은 것이 무엇이냐?"

하고, 몸을 돌이켜 다시 잠을 잤다.

아침에 마당에 나가니 거기에 있던 사람이 여러 사람에게 말하기를,

"하나님께서 이 천지만물을 다 만드시고 은혜를 많이 주셨으나 사람들은 조금도 감사하지도 않고, 은혜를 많이 받는 대로 더욱 죄에 깊이 빠지니, 어떻게 해야 사죄함을 얻어 지옥에 빠짐을 면할 수 있느냐고 물으면 하나님께옵서 독생자를 이 세상에 보내사……"

영규가 이 말까지 듣고 곧 그 전도하는 사람 앞에 나아가서 손을 자기 배에 대고 말하기를,

"하나님이 누구인가? 이것이 내 하나님이다."

하며, 그 말을 듣지 않고 그곳을 떠나 서울로 갔다.

문득 서울에 도착하여 마음대로 구경하며 날마다 외입과 잡기판으로 돌아다니면서 다른 사람들이 투전하는 것을 보면 곧 참여하다가 나중에는 돈만 다 잃을 뿐만 아니라 순경에게 잡혀 옥에 갇혔다. 옥중에서 매도 맞고 그 한이 막심하여 돈을 주고 풀려나고자 하였으나 어찌할 방법이 없었다.

할 수 없이 아내 보배에게 편지하기를,

"밭을 팔아 돈을 보내라."

하고, 그동안 괴롭게 세월을 보냈다.

영규는 전후에 잘못한 일을 탄식하는 중에 다시 어렸을 때와 같이 여러 가지 이상한 생각이 나기를,

'사람이란 것이 어디로부터 오고 어디로 가며, 또 어떻게 하면 선악을 분별하여 선한 것을 택할 수 있으며, 또 어떻게 하면 정결한 몸과 신령한 마음을 얻을 수 있는가.'

하며,

'또 내가 옥에서 나가게 되면 산에 있는 절로 가서 중이 되든지, 혹 조용한 산골짜기로 들어가서 도를 닦든지 하리라.'

하고 마음에 별렀다.

하루는 어떤 사람이 옥에 들어와서 죄수들과 함께 앉아 마음을 통하여 거침없이 묻고 답했다. 영규가 생각하기에 저 사람들이 죄인을 풀어줄 권세가 있는가 하였더니, 그 사람이 자기 품속에서 책을 꺼내서 보라고 하는 것을 보고는 속으로 '그림책인가' 하여 낙심하였다.

그러나 그 사람이 누가복음 3장 18절 말씀으로 연설하였는데, 주는 누구시며 또 세상에 하시는 일이 어떠하시며,

또 어떻게 죄인을 영원한 지옥에서 건져주시려 하심과 세상 사람이 어떻게 하여야 생전 사후에 죄를 사하고 사후에 영원한 복을 누릴 것인지 명백하게 가르쳤다.

영규는 그 말은 다 들었으나 마음이 어릿어릿하여 무슨 뜻인지도 모르고 믿을 만한 것인 줄도 몰랐다. 다만 그 책을 본 사람이 갈 때에 이레 만에 다시 오겠다고 한 말을 반갑게 듣고 이레 동안 그 사람이 하던 말을 기억하고 다시 오기만을 고대하였다. 이 전도하던 사람이 두 번째 올 때에는 여러 죄수 중에서 영규가 그 사람을 즐겁게 영접하고 곁에 서서 그의 하는 말을 들었는데, 마치 목마른 사람이 물을 마시는 것과 같이 해서 복음의 이치를 조금 깨달았다. 그러나 구원하는 이치가 심히 넓어서 마음에 헤아리지 못하고 말하기를,

"노형 말씀에 예수라 하는 양반이 죄인을 구원하러 오셨다 하나, 아마 나 같은 죄인은 아닐 듯하오. 대개 내가 악한 일을 너무 많이 행하여 죄 덩어리가 되었으니, 어떻게 이같이 많은 죄를 다 사하시고 다시 삶을 주실 수 있습니까?"

하니, 그 전도인이 영규의 손을 잡고 옥문 밖으로 나가 앞산에 있는 참나무를 가리키며 말하기를,

"저 나무를 보라, 지금은 겨울이어서 북풍한설에 얼어 죽

은 것 같으나 오래지 않아 봄이 되어 온화한 양기를 받으면 잎사귀와 꽃과 열매를 다시 맺지 않겠는가? 이와 같이 너도 지금은 허랑방탕한 일에 빠져 죽은 것 같으나 이제부터라도 마음을 열어 성신의 감화함을 받으면 저 나무와 같이 다시 사는 힘을 얻고, 또 저 나무가 전 해에 돋았던 잎사귀를 버리고 새 잎사귀를 피움과 같이 너도 전에 행하던 악습을 버리고 새 행실의 열매를 맺을 것이다."

하니, 이때에 영규가 한편으로는 반갑게 듣고 눈물을 흘렸으나, 한편으로는 그 은혜가 너무 커서 자기는 감당치 못할 줄로 알았다.

영규가 그 전도인에게 성경책 한 권을 얻어 날마다 쉬지 않고 보았다. 어떤 장에서는 하나님께서 그 독생자를 이 세상에 내려보내사 죄인을 구원하심으로 그 은혜가 큰 것을 가르쳤다. 예수의 아름다운 행적을 생각할 때에는 마음에 있는 재미가 하늘같이 높고, 또 자기가 행한 모든 악한 일을 생각할 때에는 슬픔이 지옥같이 깊어졌다. 혹 옥졸[獄卒: 옥에 갇힌 죄인을 지키는 사람]에게 매를 맞을 때에는 마음에 생각하기를,

'내가 받는 몹쓸 형벌은 죄 까닭에 그러하거니와 무죄하

신 예수께서는 이보다 더 악한 형벌을 받으셨구나.'
하였다.

영규는 겨울부터 여름까지 그 아내가 돈 보내기만 기다렸다. 중추[中秋: 가을의 중간 무렵, 음력 8월]쯤 되어서 아내에게서 돈과 회답이 와서 곧 옥졸에게 뇌물을 주고 풀려나 본집으로 내려오는데, 자기가 하나님께 지은 죄와 사람에게 지은 죄를 생각하고 머리가 수그러져 근심하며 오는 중에 혹 한숨 쉬며 앓는 소리도 하였다. 하루는 객주에서 누워 자려고 하다가 마음이 심히 애통하여 자지도 못하고 슬피 우는데, 하늘에서 내려보내신 자가 매우 엄한 위풍을 띠고 그 앞에 서서 위로하여 말하기를,

"내 사랑하는 아들아, 죄가 원통하여 더 울지 말고 일어나서 나를 위하여 열매를 맺으라."
하였다. 영규가 이 말을 듣고 마음이 맹렬한 불속에서 나온 것 같이 시원하고 가벼워 이때부터 자기가 전에 지은 죄를 다 사하여 주심을 받은 줄 알고 마음에 감사함과 즐거움으로 마음에 채웠다.

제4장

고영규가 집을 떠난 후로 아내 보배는 힘을 다하여 세상 살이를 하고자 하였으나, 집에 사나이도 없고 할머니는 날로 쇠약하여 가니, 보배가 몸소 밭을 갈고 김도 매고 추수하며 나무까지 거두어 쌓았다. 그러나 집이 점점 퇴락하고 또 밭에는 곡식이 잘 되지 않아서 굶주려 죽을까 걱정하였다. 이같이 어려운 중에 괴로운 것은 보배가 딸만 낳는 것과 또 남편이 저를 버리고 나간 것이 다 귀신에게 죄를 지어 그러한 줄 알고 더욱 귀신을 공경하는 것이었다. 물을 길러 갈 때에는 밥을 가지고 가서 물에 던지고, 나무를 하러 갈 때에도 채색 헝겊과 밥을 꾸려 매어 달며, 또 집에 있을 때에는 조왕 귀신을 정성으로 위하며 빌기를,

"우리 남편이 돌아오게 하여 주옵소서."

하며, 근심으로 지냈다.

하루는 남편에게서 온 편지를 받았는데, 그 편지에 밭을 팔아 돈을 올려보내라고 쓴 말을 보고 보배 스스로 말하기를,

"내가 이전에 우리 식구가 굶주려 죽을 지경에 이른 줄로 염려하였더니, 지금은 아주 굶주려 죽게 되었다."

하고, 집에 들어가 막막히 앉았다. 그 딸들이 아무리 옷소매

를 당기며 무슨 일이 있느냐 하여도 대답하지 않고, 아이들이 밥을 달라고 울어도 못 듣는 척 앉아 있었다. 노망한 할머니는 머리를 흔들며 쉬지 않고 외치기를,

"울퉁불퉁 저 남산 보게, 너도 죽으면 그 모양 되겠네."

하였다. 보배는 할 수 없이 남편 말대로 밭을 팔아 돈을 올려보내니 살림 걱정이 더욱 많았다.

하루는 이웃 여인이 집에 와서 보배가 고통스럽게 지내는 것을 보고 말하기를,

"너는 의지할 곳도 없는데 어찌하여 예수를 믿지 아니하느냐?"

하니, 보배가 대답하기를,

"예수가 누구시냐?"

하니, 그 여인이 말하기를,

"나도 자세히는 모르나 감영에서 한 여인이 우리 집에 와서 하는 말을 들으니 예수는 귀신보다 능력이 많으신 이라더라."

하고 갔다. 보배는 마음에 생각하기를

'귀신보다 권능이 많으시면 내가 위하리라.'

하였으나, 어떻게 위하여야 예수를 기쁘게 할는지 알 수 없

어 마음이 답답했다.

하루는 보배가 달걀을 팔러 장에 가는 길에 그 이웃 여인을 다시 만나 조용히 묻기를,

"감영에서 온 여인에게 예수 말씀을 더 들었는가?"

하니, 그 여인이 대답하기를,

"조금 더 들었소."

하니, 보배가 또 묻기를,

"그러면 그 사람이 어떻게 말하더뇨?"

하니, 그 여인이 대답하기를,

"예수가 행하는 것이 이상하니, 이는 우리 여인들을 압제하지 않고 도리어 불쌍히 여긴다 하니, 만일 거짓말이 아니면 좋겠소만은 어떻게 알 수 있소?"

하는데, 보배가 가만히 듣고 또 묻기를,

"예수가 어디에 계신다고 하더뇨?"

하니, 그 여인이 대답하기를,

"자세히는 모르지마는 아마 멀리 계신가 보외다."

하니, 보배가 또 묻기를,

"어떻게 섬기면 좋다고 하는 말을 못 들었소? 밤에 나가서 물을 떠놓고 칠성에게 절을 한다고 하더이까?"

하니, 그 여인이 대답하기를,

"필경 그러할 듯하다."

하고 갔다. 보배는 집에 돌아와서 그날부터 밤마다 나가서 그릇에 맑은 물을 떠놓고 칠성에게 절하고 구하기를,

"하나님께서 나로 하여금 예수를 믿게 하여 주옵소서."

하였다.

제5장

이때에 영규는 이상한 가운데 위로함을 받은 후에 마음이 너무 기쁘고 시원하여 날아가는 것과 같이 그곳을 떠나 자기 본 고을로 내려왔다. 밤에 집 곁에 이르자 마침 아내 보배가 칠성에게 절하면서, '나로 하여금 예수를 믿게 하여 주옵시고 또 남편을 돌아오게 하여 주옵소서' 하는 말을 들으니, 마음이 물과 같이 부드럽게 되어 빨리 나가 아내의 손을 잡고 말하기를,

"아내여, 한 말씀 들어보시오. 내가 이전에 네게 몹시 군 것을 용서할 수 있는가?"

하니, 보배가 몸을 떨고 눈물을 흘리며 말하기를,

"그러면 그대는 내가 계집아이만 낳는 것을 용서할 수 있는가?"

하니, 영규 대답하기를,

"그런 말은 하지 마시오. 네가 단산[斷産: 아이를 낳던 여자가 아이 낳는 것을 끊거나 못 낳게 됨]할 때까지 딸만 낳을지라도 내가 네 탓이라고 다시 너를 욕하지 아니하리라."

하니, 보배가 이상히 여겨 말하기를,

"이는 나의 남편이 아니로다. 어디서 이 같은 새 마음을 얻었나요?"

하니, 영규가 대답하기를,

"내가 하나님께서 보내신 예수를 믿고 그 분부하심을 받았으니, 눈먼 사람이 보는 것 같고, 죽은 사람이 다시 산 것 같이 되었는데, 우리 내외는 다 그를 믿어 은혜를 받읍시다."

하고, 황혼 달밤에 함께 엎드려 하나님께 기도하고 예수를 따라가기로 작정하였다.

이에 집에 들어가서 아내 보배는 남편이 시장할 줄 알고 빨리 밥과 그가 좋아하던 지짐을 지져 드리니, 남편 영규가 말하기를,

"수고 마시오, 허랑방탕한 남편이 정절 지킨 아내에게 돌아오는 것이 감사할 것 별로 없소이다."

하니, 보배가 대답하기를,

"딴 말씀이외다. 하나님께서 넉넉히 용서하신 죄를 나도 괘념치 아니하리니, 이런 다정한 마음을 보매 내가 죽도록 받들어도 어려운 줄 모르겠소."

하고, 내외가 서로 다정히 앉아 밤새도록 성경을 보고 기도하며, 헤어진 동안에 서로 만났던 일을 다 얘기하고, 피차 자복하여 용서하며 서로 웃고 함께 우니, 일개 낙원에 금슬 좋은 즐거움을 이루었다. 할머니가 이 일을 보고 이 없는 턱을 흔들며 울툭불툭 외우는 가운데 말하기를,

"이런 일은 내가 처음 본다."

하였다.

영규가 마침 동창에 날이 새는 것을 보고 아내를 팔굽으로 붙들고 말하기를,

"우리 참 보배스러운 아내여, 이날이 새로 시작하는 것 같이 우리도 전에 하던 악한 것은 다 버리고 새로이 할 일을 시작하여 성전에 천당 길을 함께 다니다가 사후에 영원한 복락을 같이 누립시다."

하니, 보배가 그 낯을 남편의 품에 가리며 말하기를,

"이에서 더 좋은 복이 어디 있나요?"

하니, 영규가 대답하기를,

"아니라. 이것은 비록 귀하고 거룩한 것이라도 우리가 한 번 육신을 벗고 예수와 연합하는 것에 비교하면 오직 안개와 그림자라."

하였다.

그때부터 영규가 집을 잘 다스리고 그 이웃 사람에게 열심히 복음을 전파하여 본보기가 되었으니, 몇 해가 못 가서 그곳에 믿는 사람이 많이 생겼다.

샛별전

김 씨는 대한의 어느 곳에 사는 홍경대의 아내이다. 그 남편은 높은 자리에 올라서 서울로 가고 집에 없었다. 김 씨는 심심할 뿐만 아니라 밤마다 집에 귀신이 많이 들었기에 마음이 매우 답답하고 편하지 못했다. 귀신들은 장난을 몹시 쳐서 집안이 어지럽고 세간도 많이 잃어버렸다. 또한 귀신이 그녀의 외아들에게 무슨 못된 작폐[作弊: 폐단을 일으킴]를 할까 봐 크게 근심하였다. 할 수 없이 돈을 수백 냥이나 들여서 고사를 부지런히 지냈으나 멈추지 않았고, 돈을 쓸수록 더욱 요란하기만 했다. 하루는 김 씨가 아침밥을 짓기 위해 쌀을 씻으려고 물독에 갔다. 물독 안에는 큰 물독이 또 들어 있는데 들지도 못하고 꺼내지도 못했다.

  마음이 뒤숭숭하여 방에 들어가서 앉았다가 진동항아리[무당이 모시는 신위]가 엎어져서 깨진 것을 쳐다보고 떨면서

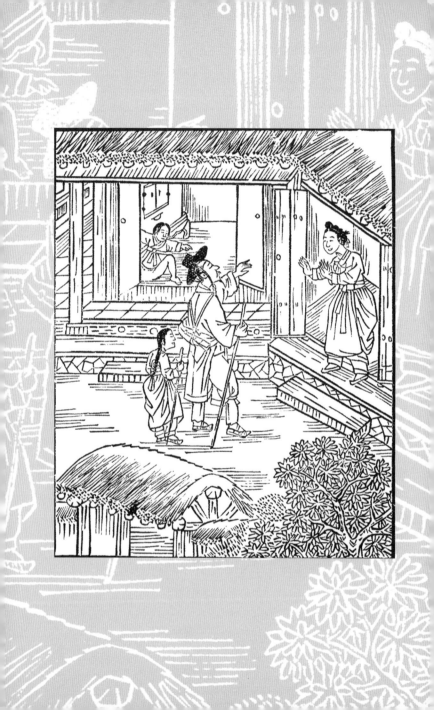

울고 말했다.

"어찌할까? 뉘 탓인가? 귀신이 집 안에서 작난[作亂: 난을 일으킴]을 많이 하더니 어찌하여 지금 또 이런 변이 있을까?"

김 씨는 해가 한낮이 되도록 방에 있으면서 일도 안 하고 무서워하였다.

저녁에 부엌에 나와서 일하고 있을 때에 남편이 서울로부터 돌아왔는데, 전에 보지 못한 열너댓 살쯤 된 계집아이가 따라왔다.

내외가 반갑게 서로 인사하고 나서 김 씨가 물었다.

"이 아이는 누구인가요?"

경대가 대답했다.

"이 아이는 내 조카딸인데 저희 부모 살아 계실 때에 학당에 두었더니 이제 난리가 나서 나랏일이 대단히 어지러워서 서울 사람이 시골로 피난하기에 내가 데리고 내려왔네."

김 씨가 또 물었다.

"학당에 두었단 말씀이 무슨 말씀이오니까? 계집아이가 다니는 서당이 어디 있습니까?"

경대가 좀 부끄러운 말로 대답했다.

"저 아이가 다니던 학당은 우리 대한의 풍속대로 하는 데가 아니오, 외국 사람이 서울에 와서 계집아이를 위하여 세운 학당이네."

김 씨가 낯빛이 변하며 말했다.

"외국 사람의 학당에 다녔단 말이 웬 말이오? 외국 사람에게 배울 것이 무엇이 있나요? 거기서 우리 조선 풍속을 흉보는 것과 우리 위하는 것을 버리고 외국 사신 위하는 것이나 배울 것밖에 무엇이 있나요?"

또 그 아이를 더 자세히 보니 눈이 좀 어두운 것을 알고 대단히 분해서 말을 크게 하며 요란하게 굴었다. 경대는 아무 말도 못 하고 방에 들어가서 아내가 새로 해 두었던 옷을 스스로 찾아 입고 이웃 사랑에 나가서 밤이 깊도록 친구들과 서울 이야기만 하였다.

김 씨는 제 남편이 어디 나간 것을 보고 마음이 좋지 않아서 슬피 울며 말하기를,

"무정하구나. 몇 달 동안이나 나갔다가 집이라고 돌아와서 앉지도 않고 아무 말도 없이 어디로 나갔구나."

하면서, 아무 일도 않고 방에 들어가서 성내면서 앉았다.

계집아이의 이름은 샛별인데 시력이 부족하여 눈은 밝지 못하나 일은 다 잘하였다. 부엌에 나가 밥을 지어 상을 차려

서 김 씨에게 갖다 드리니 김 씨가 이상히 여겨 하는 말이,

"외국 사람 학당에서 어떻게 밥 짓는 것을 배웠느냐?"
하고, 조금 먹고 마음으로 생각하기를,

'모든 일을 다 이처럼 하면 내가 편안하겠다.'
하였다.

샛별이 저녁밥 먹은 그릇을 설거지하고 자기 전에 엎드려 말했다.

"우리 하늘에 계신 아버지, 밤낮 아니 주무시고 저를 돌아보시는 줄을 아오니 어찌 감사하오리까. 제가 약하고 어리니 도와주심과 가르쳐 주심을 비옵니다. 어떻게 하여야 좋은지 가르쳐 주옵시고 예수를 본받아서 예수와 같이 어려운 것을 참게 하여 주옵소서. 예수께서 저를 대신하여 형벌을 받으셨으니 이처럼 감히 가까이 와서 기도할 수 있는 줄 제가 아옵나이다. 아멘."

샛별은 기도를 다하고 누워서 자는데, 김 씨는 기도를 듣고 천주교 하는 소리인 줄 알고 집 귀신에게 죄를 범할까 무서워서 떨고 잠을 못 잤다.

김 씨는 날마다 그 계집아이에게 점점 몹시 굴었는데, 샛별이는 힘은 별로 없어도 시키는 대로 일을 힘써 하고 아무

대답도 하지 않았다. 김 씨가 몹시 굴기는 샛별을 미워할 뿐만 아니라 하는 행실이 이상해서 집 귀신에게 죄를 범할까 무서워했기 때문이었다. 그러나 샛별이 올 때부터 집에 있는 귀신의 작난이 차차 줄어들었다. 이웃 사람들도 샛별이가 외국 학당에서 공부하였다는 말을 듣고 저희끼리 말을 많이 하였다. 하루는 샛별이가 강에 가서 빨래를 할 때에 빨래하는 여인들이 묻기를,

"외국 사람의 학당에서 무엇을 가르치더냐?"

하니, 샛별이 대답하기를,

"대한의 계집아이가 할 도리를 가르칩디다."

묻는 사람이 웃고 말하기를,

"어찌 외국 사람이 대한 계집아이의 할 도리를 알 수가 있느냐?"

또 묻기를,

"그밖에는 배운 것이 무엇이냐?"

하니, 샛별이 대답하기를,

"수법[數法: 셈하는 방법]도 배우고 지도도 배우고 또 그 밖에 여러 가지 요긴한 것을 가르칩디다."

하니, 묻는 사람이 크게 웃고 말하기를,

"계집아이가 수법과 지도를 배워서 쓸 데가 어디 있느냐? 웃겨서 허리가 아프다."

하면서, 이처럼 매우 흉보는데, 샛별이 공손하게 말하기를,

"배울 만한 것을 여러 가지 가르치되, 그중 제일 유익한 것은 예수교인데 예수교가 무엇인고 하니"

하고, 말을 이어갔다. 듣는 사람들이 일시에 떠들면서 하는 말이 천주학이라고도 하며, 대한 사람의 글이 아니라고도 하여 욕하는 말로 요란하게 하니, 샛별은 아무 말도 하지 않고 가만히 기다렸다. 그 사람들이 큰 소리를 다하고 다시 앉아 빨래를 때에 샛별이 다시 소리를 나직이 하여 말하기를,

"이 교는 천주학이 아니요 예수교니, 예수라 하시는 이는 우리를 구원하신 주라. 세상 사람은 다 죄가 있으니 죗값에 마땅히 하나님께 형벌을 받을 터인데, 만일 구원할 이가 없으면 멸망함을 받지 아니할 이가 어디 있겠소. 그런 고로 우리 하늘에 계신 아버님이 우리 불쌍한 모양을 보시고 민망히 여기사, 그 귀하신 아드님이라도 아끼시지 아니하시고 우리 죄를 대속하려고 이 세상에 보내셨으니, 이는 곧 우리를 구원하신 주 예수라. 당신의 높으신 권세와 천당 영화를 다 버리시고 세상에 내려오셔서 우리와 같은 사람이 되사

우리를 위하여 가난한 것과 말로 할 수 없는 고생을 받으셨으니, 여기 있는 사람 중에는 밤에 누울 데 없는 이가 별로 없으되, 하나님의 아드님이 세상에 계실 때에 하신 말씀이, 「여우도 굴이 있고 공중에 나는 새도 집이 있으되 오직 인자[人子: 예수 그리스도]는 머리 둘 곳이 없다」(누가복음 9:58)라고 하셨으니, 왜 그같이 어려움을 받으셨는지 묻는다면, 우리와 같이 고생과 욕을 보시려고 하시기에 그러하신 즉, 세상사람 중에 그런 은혜가 어디 있으리까?"

또 말하기를,

"예수께서 세상에 내려오셔서 우리와 같은 사람이 되었을지라도 중요한 분간[分揀: 사물의 옳고 그름이나 좋고 나쁨 따위를 가려냄]이 있어 당신 마음에 있는 생각이라도 하나님 명을 어긴 것이 조금도 없었나이다. 우리가 할 직분을 당신이 다하시고 우리가 하나님의 명을 어기어서 형벌을 받을 것을 예수께서 당신 몸으로 대신 받으시려고 세상 사람에게 해를 크게 받으시고, 나중에 죄인과 같이 십자가에 못 박혀 돌아가셨소."

이같이 말하니, 듣는 사람이 웃고 말하기를,

"옳지, 그 소리 듣기 좋구나. 외국 학당에서 거짓부렁이

하는 것을 또 배웠느냐?"

하고, 더러는 빨래할 것을 가지고 제 집으로 돌아가고, 그 중에 두어 사람만 남아 빨래를 양지 곁에 널면서 샛별에게 말하기를,

"다시 이야기하자. 이 예수라 하는 사람은 세상에 있을 동안에 무슨 일을 하였느냐?"

하니, 샛별이 대답하기를,

"예수께서 높은 사람 중에 제일 높으시지만, 당신 몸을 높이시지 아니하시고 낮고 죄 있는 백성 가운데에 계시고, 두루 다니시며 하나님 참 이치를 가르쳐 주시고, 모든 불쌍한 사람을 도와주셨습니다."

하니, 그 중에 한 여인이 또 묻기를,

"여편네라도 업신여기지 않고 사랑하셨느냐?"

하니, 샛별이 대답하기를,

"사람 중에 여편네가 힘없고 약한 고로 예수께서 저들을 더욱 불쌍히 여기셨으니, 한 과부 된 사람의 죽은 외아들을 다시 살려 주시고, 일곱 귀신 들린 여편네 몸에서 귀신들을 다 내쫓아주시고, 계집아이나 아무든지 업신여기지 아니하시고, 또 불쌍하고 서러운 사람은 누구든지 위로하셨습니다."

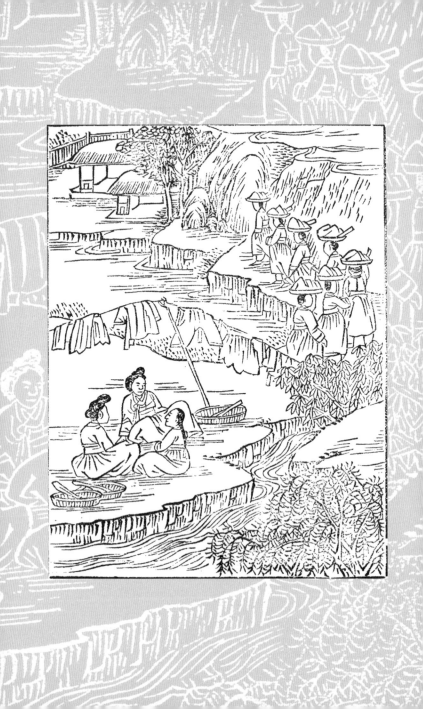

하니, 듣는 사람이 눈물을 흘리고 말하기를,

"내가 그 당신을 알았다면 좋을 뻔하였다."

하니, 샛별이 대답하기를,

"지금도 우리 각 사람에게 떠나 계시기가 멀지 않습니다."

하니, 듣는 사람이 또 묻기를,

"어찌 우리들 가까이 계실 수가 있느냐?"

하니, 샛별이 대답하기를,

"예수께서 우리를 구원하셨으니, 우리가 그를 믿는 것밖에 죄 사함을 얻을 수 없는 줄을 알고 믿으면 예수께서 우리 마음속에 계시겠다고 말씀하셨습니다. 만일 우리 마음에 계시면 환란 받을 때에 위로하여 주시고, 잘못할 때에 가르쳐 주시고, 어려울 때에 도와주십니다."

하니, 듣는 사람이 한숨을 쉬면서 말했다.

"네 말이 다 거짓말이 아니면 좋겠구나."

샛별이 대답하기를,

"이 말씀이 내 말이면 혹 거짓말이기 쉽지만, 하나님의 말씀이니 어찌 거짓말이라 할 수가 있습니까?"

하니, 듣는 사람이 말하기를,

"하나님이 누구더러 이 말씀을 하셨느냐?"

하니, 샛별이 대답하기를,

"전에 계시던 성인에게도 하셨고, 또 예수께서 우리에게 말씀을 많이 하셔서 다 성경에 기록하였습니다."
하고, 빨래를 마친 후에 집으로 돌아왔다.

샛별은 저녁밥을 해 먹고 윗방에서 옷을 다듬이질하다가 피곤하여 쉴 때에 창밖으로 하늘을 쳐다보고 스스로 말했다.

「1.여호와 우리 주여 하늘에서 영광을 베푸신 주의 이름이 온 땅에 심히 아름답소이다. 2.주께서 원수의 까닭으로 어린 아이와 젖 먹는 아이의 입에서 힘을 일으키사 원수와 복수하는 자로 하여금 가만히 있게 하셨습니다. 3.내가 주의 손가락으로 지으신 하늘과 또 베푸신 달과 별을 보면 4.사람이 무엇이건대 주께서 생각하시며 사람의 자손이 무엇이건대 돌아보시나이까. 5.주께서 사람으로 하여금 천사보다 조금만 낮게 하시고 존귀와 영광으로 저희에게 관을 씌우셨사옵니다. 6.주의 손으로 지으신 것을 주장하게 하시며 모든 것을 저의 발아래 두셨으니 7.모든 양과 모든 소와 백 가지 들짐승과 8. 공중의 새와 바다의 고기와 바닷길로 다니는 것이로다. 9.여호와 우리 주여 주의 이름이 온 세상에 심히 아름답소이

다.」(시편 8편)

샛별은 말을 마치고 밤이 깊도록 일을 다 한 후에 기도하
고 잠이 들었다. 그 후 몇 날이 지나지 않아서 김 씨가 장으
로 쌀을 팔러 가고 없을 때에 샛별이 방에 혼자 앉았다가
좀 심심하여 하나님께 찬미하였다.

1. 나도 내 십자가 지고
   예수 따라 가도다.
   불쌍한 이 나의 보배
   예수밖에 없도다.

   전에 좋아하던 것을
   모두 잃어버리되
   예수께서 날 붙여서
   부귀가 되었도다.

2. 세상사람 날 흉보고
   주를 흉보는구나.
   세상 마음이 간사하여

예수와 같지 않구나.

예수 나를 사랑하사

비는 말씀 드려야

친구들이 미워하되

모두 염려 없도다.

샛별은 소리를 가만히 하였으나, 한 이웃 여편네가 듣고 여러 사람을 불러 샛별이 방에 들어와 앉아서 말하기를,

"네가 아까 하는 소리가 염불도 아니요, 글 읽는 소리 같지 아니한데 무엇이냐?"

하니, 샛별이 대답하기를,

"우리 하늘에 계신 아버지께 찬미하는 소리입니다."

하니, 그 사람이 또 묻기를,

"예수교 믿는 사람이 하는 법이냐?"

샛별이 옳다고 대답을 하니, 또 다른 여인이 하는 묻기를,

"위하는 것이 많을수록 좋지 않겠느냐? 나도 이렇게 예수를 위하겠다."

하니, 샛별이 대답하기를,

"그렇지 않습니다. 우리를 만드신 하나님께서 우리에게

명하시기를, 당신 밖에는 무슨 다른 신을 섬기지 말라 하셨으니, 그런 고로 하나님과 예수밖에는 아무것도 위할 것이 없습니다."

하니, 듣는 사람들이 가만히 서로 말했다.

"이것이 무슨 말인가? 염불도 하지 말고 귀신도 위하지 말고 조상도 공경치 말라는 말인가?"

샛별이 그 말을 듣고 말했다.

"염불을 죽도록 한들 유익할 것이 무엇이오? 보지도 못하고 듣지도 못하고 말도 못하는 부처가 우리 죽은 후에 좋은 데로 보낼 권세가 어찌 있겠소? 죽은 조상을 위하는 것도 쓸데없으니, 우리 부모가 계실 동안에 효도하는 것이 옳고, 계실 때에 잘 대접하고 공경할 것이거늘 그 외에 다른 것으로 효도할 것이 무엇이오? 죽은 후에 아무리 돈을 써서 좋은 음식을 차려 드릴지라도 돌아간 사람이 밥을 잡수실 수 있겠소? 예로부터 지금까지 죽은 조상이 와서 먹는 것을 본 이가 누구뇨? 내 생각에는 우리 조상이 하나님의 명대로 하였으면 좋은 데로 갔을 터이요, 또 하나님의 명대로 하지 않았으면 지옥에 갔을 것이니, 어디든지 간 곳에서 어찌 세상에 다시 오실 수 있겠소? 또 굿하는 것으로 말하면, 무슨 까닭으로 귀신을 위합니까? 해로운 일을 당할까 무섭고 또 병들어 죽을까 무서워하여 위하지 않습니까? 그것은 헛된 일이요, 만일 하나님께서 허락하지 않으시면 귀신들이 우리를 해롭게 할 권세를 어디서 얻습니까? 그런 고로 전능하시고 착하신 하나님을 배반하고 더럽고 해롭게 하는 귀신을 위하는 것이 어찌 미련한 일이 아닙니까? 우리 대한 사람들이 귀신을 위하는 까닭에 스스로 마귀의 종노릇하는 모양이 아닙니까? 내 생각에는 사람이 귀신에게 죄를 얻을까 무서워하는 것이 얽매인 사람과 매 맞은 사람과 눈먼 사람과 다름이 없는 고로 예수께서 그런 사람을 놓아주시려고 오셨으니 그런 고로 오셨을 때에 당신 말씀이, 「잡힌 자에게 놓임과 눈먼 자에게 다시 봄을 전파하고 패한 자를 자유케 하고 주의 복된 해를 전하려고 나를 보내었다」(누가복음 4:18~19) 라고 하셨습니다. 누구든지 이 말씀을 듣고 예수께서 저를 놓아주실 주님이신 줄을 알면 귀신에게 괴로움을 조금도 받지 않습니다."

샛별이 말을 다 마치지 못하여 김 씨가 갑자기 들어와서 장에서 사 온 물건을 내던지며 샛별을 붙잡고 말하기를,

"네가 하는 말이 무슨 말이냐? 귀신을 위하지 말란 말이

냐? 시끄럽다!"

하며, 몹시 때리고 또 말하기를,

"나와 네 아저씨와 우리 아들을 다 죽이려느냐?"

하고, 또 치면서 말하기를,

"이년아! 제 집안 어른을 또 죽이려고 하는구나!"

하며, 심하게 때렸다. 모인 사람들이 차마 보지 못하여 말하기를,

"그만두오. 탓할 일이 별로 없는데 왜 이처럼 심하게 구는가?"

하니, 김 씨가 대답하기를,

"어찌 탓이 없다고 하는가? 귀신 욕하는 것이 큰 죄가 아니냐? 에고, 이 계집아이 까닭에 큰 환란을 만날까 무섭구나."

하니, 모인 사람이 묻기를,

"제가 온 후에 귀신이 집안을 더 요란케 하던가?"

하니, 김 씨가 대답했다.

"아직은 그렇지는 않지만 점점 더 할지 누가 압니까?"

샛별이 너무 맞아 몸을 일으켜 걸을 수 없었지만 억지로 윗방으로 가서 눈감고 몸을 누이니 죽은 사람 모양 같았다.

이웃 사람 두엇이 그녀를 불쌍히 여겨 방에 들어와 앉았더니, 샛별이 차차 힘이 좀 돌아와서 스스로 말하기를,

"예수께서 내 죄로 인하여 상함을 받으시며 내 허물로 인하여 창에 상하심을 받으시매 나는 평안함을 받으며 예수께서 채찍으로 맞으심을 받으셨으매 나는 나음을 얻었도다." (이사야 53:5)

하고, 또 말하기를,

"대개 그리스도를 위하여 너희에게 주신 것은 저를 믿을 뿐 아니라 저를 위하여 괴로움을 받을 것이니라."(빌립보 1:29)

하고, 이어서 또 한 번 말하기를,

"괴롭고 무거운 짐 진 사람들은 다 내게로 오너라. 나 너희를 편히 쉬게 하리라."(마태복음 11:28)

하니, 듣는 사람이 무슨 말인지 모르고 이상히 여겨 아무 말도 못하고 나갔다.

그 후 며칠 안 되어 그 집 외아들 삼복이라는 아이가 병이 들어서 일어나지 못하고 머리도 들지 못하였다. 김 씨는 샛별이 때문에 병이 난 줄 알고 큰 소리로 샛별이를 욕하고 내쫓았다. 이웃 사람이 불쌍히 여겨 자기 집으로 데려갔으니, 그렇지 않았다면 굶어 죽을 뻔하였다. 삼복이 병이 날로 점점

중하자 김 씨가 무당을 불러서 돈 수백 냥을 내놓고 말했다.

"우리 아들의 병이 깨끗이 나면 이보다 갑절을 주마."

무당은 좋은 음식을 차려놓고 제금[심벌즈 모양의 악기]을 치고 춤을 추며, 세악수[細樂手: 반주하는 사람]로 하여금 장구를 치고 피리를 크게 불게 하면서 두어 날을 쉬지 않고 착실히 굿을 하였다. 그러나 삼복이 병이 낫지 않고 굿을 할수록 더욱 앓기만 했다. 김 씨는 아들의 죽을 모양을 보고 견디지 못하여 집에서 나와서 크게 울면서,

"애고, 애고! 우리 삼복이가 죽겠구나. 어찌 해야 죽지 않을꼬? 애고, 애고!"

하며, 대성통곡하였다. 샛별이 김 씨가 우는 소리를 듣고 가까이 가서 어루만지며 말하기를,

"울지 마세요. 살든지 죽든지 우리 하늘에 계신 아버님께서 하실 일이 아닙니까? 또 우리가 만일 예수만 의지하면 바랄 것 없는 것이 아닙니까? 예수 가라사대, 「어린아이 내게 오는 것을 용납하고 금하지 말라. 대개 하나님 나라에 있는 자가 이와 같으니라」(누가복음 18:16) 하셨으니, 그런고로 누구든지 예수를 믿는 사람은 죽은 후에 천당에 올라가 그 전 죽은 아이를 다시 만나보고 다시 부둥켜안을 것입

니다."

하니, 삼복이 어머니가 듣고 말하기를,

"네가 뭘 아느냐? 네가 언제부터 명인이 되었느냐?"

하니, 샛별이 말하기를,

"그렇지 않습니다. 아이라도 성경 말씀을 듣고 하나님의 명령대로만 하면 알기 쉽습니다."

하니, 김 씨가 듣지 않고 말하기를,

"네가 어찌 나를 위로하겠느냐? 귀신을 욕하지 않았더라면 이런 일을 보지 않을 뻔하였다."

하니, 샛별이 대답하기를,

"아닙니다. 우리가 구주 예수만 의탁하면 귀신이 아무 힘도 없고 아무 것도 무서울 것 없는 것인 줄 알겠습니까? 이 세상 임금으로 말할지라도 역적 놈이 그 안에서 감히 견딜 수 있겠습니까? 그런즉 우리가 하나님께 붙여진 사람이 되면 귀신이 어찌 우리를 해롭게 하겠습니까?"

하며, 말을 더 하려고 하자 김 씨가 듣지 않고 나중에는 억지로 내쫓았다.

그날 밤 샛별은 김 씨가 크게 우는 소리를 듣고 그 아들이 죽은 줄만 알았다. 한 이틀 후에 말을 들으니 홍경대와 그

아내가 또 병이 심하게 들어서 일어나지 못하고 아무 정신도 없다고 했다. 이웃 사람이 모두 염병인 줄 알고 그들에게 옮아서 죽을까 무서워하여 아무도 그 집에 들어가지 않고 도와주지도 않았다. 샛별이 듣고는 그 집으로 빨리 가서 미음을 쑤어서 드리고 자기가 할 수 있는 대로 간호하였으나 아저씨와 아주머니는 정신이 없어서 누가 와서 구완하는지 알지 못했다.

샛별이 엿새 동안 잘 겨를도 먹을 겨를도 없이 간호하였다. 이레 만에 경대 내외가 코피를 흘리고 땀을 내더니 차차 병이 나아져서 쾌차하였다. 그러나 오래지 않아서 샛별이 또한 병이 옮아서 머리가 아프고 몸이 무척 뜨거워서 가만히 누워있지 못하고 꿈쩍꿈쩍하였다. 경대 내외가 샛별에게 몹시 군 일을 매우 뉘우치고 인정스럽게 간호하였으나 샛별은 누군지 알아보지 못하고 저 혼자 이상한 말을 많이 하였다.

「1.여호와는 나의 목자가 되셨으니 내게 부족함이 없으리로다. 2.여호와가 나로 하여금 방초 동산에 눕게 하시고 쉴 만한 물가로 나를 이끄시며 3.내 영혼을 회복하시고 자기 이름을 위하여 나를 옳은 길로 인도하시도다. 4.내가 죽음의

음곡으로 행할지라도 악한 것을 두려워 아니할 것은 주께서 나와 함께하심이라. 주의 막대기와 지팡이가 나를 안위하옵나이다. 5.주께서 내 원수 앞의 나를 위하여 상을 베푸시고 기름으로 내 머리에 바르셨으매 나의 잔이 넘치옵나이다. 6.내 평생에 정녕히 은총과 자비함이 나를 따르리니 내가 여호와의 전에 거하여 영원히 미치리로다.」(시편 23편)

김 씨가 샛별이 매우 목이 말라 하는 것을 보고 물을 주었다. 샛별이 말하기를,

"다시는 기갈되지 아니하며 해가 쪼이지 아니하며 더위가 침노치 아니하고 불쌍히 여기시는 자 기르고 인도하여 물 근원에 이르게 하시느니라."(이사야 49:10)

하였다.

샛별의 병은 점점 나아지지 않았다. 오히려 더 아파하자 김 씨가 이를 보고 우니 샛별이 말하기를,

"하나님께서 반드시 그의 눈물을 씻기시고 다시 죽는 것과 슬픈 것과 우는 것과 아픈 것이 없으니 전에 일이 다 지났더라."(요한계시록 21:4)

하고, 또 찬미하기를 그치지 않았다.

1. 아버지여 이 죄인의
   옴을 용납하옵시고
   아드님의 이름으로
   구원하여 주옵소서.
   아버지께 멀리 간 지
   벌써 오래되었고
   길 험해서 곤한 사람
   다시 돌아옵니다.

2. 전에 하던 헛된 일을
   원통하게 압니다.
   겸손하게 엎드려서
   접대하심 빕니다.
   주신 은혜만 못하지만
   회개하는 영혼과
   쓸 데 없는 육신까지
   감히 드리옵니다.

3. 구주 돌아가신 때에
   나의 죄를 지었으니
   나 그 일을 의지하여

주를 쳐다봅니다.
아버지여 사하셔서
나를 품어 주옵시고
길이 사랑하심으로
살게 하여 주옵소서.

　경대 내외가 엿새 동안 간절히 간호하고 이레 만에 코피 흘리고 땀나기를 매우 기다렸다. 하지만 코피와 땀이 나지 않으니 필경 죽을 줄 알고 크게 울었다. 샛별이 눈을 감고 가는 목소리로 말하기를,

　"죽음아. 네가 해하는 것이 어디 있으며, 죽음아. 네가 이기는 것이 어디 있느뇨? 죽음에 해는 죄요 죄의 권세는 율법이라. 하나님께 감사하옵나니 우리들이 우리 주 예수 그리스도에게 힘입음을 우리에게 주어 이김을 얻었나이다."(고린도전서 15:55-57)

하더니, 이윽고 갑자기 일어나서 눈을 크게 뜨고 즐겁게 말하기를,

　"이제부터는 어둡던 눈 보리라."

하고, 말을 마치자 곧 누워서 세상을 이별하고 영혼이 천당

으로 들어갔다.

경대 부부가 샛별의 일을 기이하게 여겨 슬피 울며 동네 여러 친구에게 샛별의 전후 행한 일을 자세히 말하였다. 사람들은 웃기만 하였으나, 그 중에 사모하는 사람도 있어 경대에게 말하기를,

"예수교가 무엇인지 자세히 알면 좋겠다."

하고, 서로 의논을 많이 하였다.

경대가 샛별의 말이 허사가 아닌 줄을 깨닫고 서울로 올라가서 전도 교사를 찾아가 예수의 도리를 자세히 묻고, 샛별의 말을 비교하여 보니 추호도 어김이 없었다. 경대는 죄를 회개하고 주를 믿을 마음이 간절하여 좋은 책을 많이 사 가지고 고향으로 돌아와 집안 친척과 동네 친구에게 간간히 전했다. 주의 성신이 그들에게 은혜로 비추어 경대의 말과 책을 보니 진실로 믿을 만하였다. 듣고 보는 사람이 즉시 죄를 원통히 회개하고 열심히 돈을 모아 교회당을 설립하고 교사를 청하여 날마다 도리를 강론하고 샛별의 말을 널리 전하여 믿는 사람이 많이 생겼다. 이것을 보면 주를 믿는 사람이 말을 많이 하지 않을지라도 주를 위하여 환란이나 핍박을 당하여 견디고 참으면 천당에 영생 얻을 것을 분명

히 알 것이요, 또한 종자가 되어 백 배나 결실할 것인 줄을
깨달을 터이기에 대강 기록하였다.

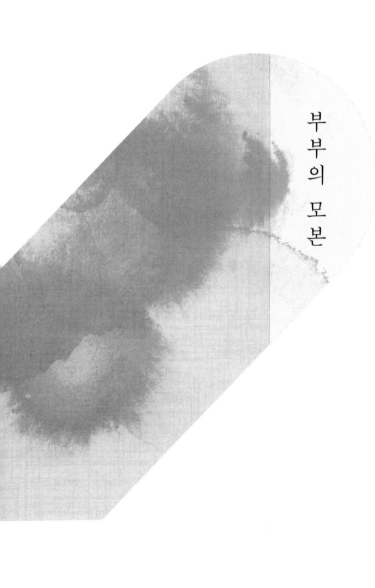

부부의 모본

제1장

이때에 박명실이라 하는 아이가 있었다. 어렸을 때부터 믿는 부모에게 가르침을 잘 받아 전심으로 하나님을 공경하고자 하였다. 그 부모가 믿는 규례를 잘 따라 아들이 20세가 된 후에야 장가를 보내기로 작정하였다. 지금은 그 기한이 거의 다 되었으나 명실은 정혼한 처녀는 보지 못하였다. 그러나 행위가 가장 단정한 처녀인 줄 알고 주야로 마음에 생각하기를,

'장가를 가는 일은 사람에게 참 큰일이니 내가 어떻게 하여야 이 일을 감당하며, 또 어떻게 이 혈기 많고 강포[强暴: 우악스럽고 사나움]한 몸과 마음을 다스려서 내게 의지하는 연약한 처녀에게 들어맞게 할까?'

하였다. 또 그 처녀의 정결한 것을 생각할 때에는 스스로

마음에 작정하기를,

'더러운 것을 주고 맑고 깨끗한 것을 받는 것은 마땅치 않은 것이니, 내가 더욱 더러운 일을 하지 않을 뿐만 아니라 마음에 있는 생각까지도 깨끗한 것 밖에는 안 하리라.' 하여, 혹 동무 간에 좋지 못한 이야기를 할 때에는 듣지 않고 거절하였다.

또 마음속으로 자기가 남편이 되면 그 직분을 다 잘 지키려고 생각하나 어떻게 해야 좋을지 알 수 없어 고민이었다. 그런데 혹 이르기를,

「아내의 말은 듣지 말라」

하고, 또 이르기를,

「만일 아내를 가까이하는 자는 조그마한 일밖에는 못한다」

하였다.

명실은 사람의 말보다 하나님의 말씀이 나을 줄 아는 까닭에 성경책을 가져와 에베소서 5장을 펴 보니 거기에 이르기를,

「지아비 된 자들아 지어미 사랑하기를 그리스도께서 교회를 사랑하사 위하여 몸을 버리심같이 하라. 또 마땅히 이와

같이 지아비 된 이는 지어미 사랑하기를 제 몸과 같이 할지니 지어미를 사랑하는 것이 곧 제 몸을 사랑하는 것이라. 본래 제 몸을 미워하는 자가 하나도 없고 이에 양육하여 보호하기를 그리스도가 교회를 봉양하는 것 같으니 우리는 곧 그 몸의 지체라. 이러하므로 사람이 부모를 떠나 지어미와 합하여 둘이 한 육체가 되느니라」

하셨고, 또 골로새서 3장 19절에 이르기를,

「남편 된 자들아 아내를 사랑하며 괴롭게 말라」

한 것을 보고 생각하기를,

'두 사람이 한몸이 되면 어찌하여 스스로 말을 듣지 않고 압제하며 학대할 수 있나? 또 내가 이 처녀를 내 몸과 같이 사랑하면 어찌 괴롭게 하며, 곤고히 부릴 수 있나?'

하고, 또 고린도전서 7장 4절에 이르기를,

「사람이 한 번 장가간 후에 남편이 아내의 몸을 주장할 뿐만 아니요 아내도 남편의 몸을 주장할 터이라」

한 것을 보았다. 명실이 마음속으로 벼르기를,

'이 말씀이 비록 옛적 문장과 소위 호걸의 말과는 판이할지라도, 나는 하나님의 말씀을 좇으리라.'

하였다.

하루는 명실이 산에 올라가서 노는데 큰 나무에 머루 넌출[뻗어 나가 길게 늘어진 식물의 줄기]이 덮여있는 것을 보고 마음으로 생각하기를,

'이 나무는 참 이치대로 행하는 내외를 가르침이로다. 더 크고 힘 많은 나무는 지아비와 같이 연약하고 휘늘어지는 넝쿨을 받치는 것이 되고, 더 연약하고 감기는 넌출은 지어미와 같이 그 참나무를 의지하여 흠 있는 것을 가리고, 북풍한설을 막는 장식이 되는 것이라.'
하였다.

명실과 정혼한 처녀는 양진주이다. 이팔청춘에 교회당에 가는 때 외에는 대문 밖에 잘 나가지도 않고, 부모께 효도하여 매일 집안일을 도와 일하면서도 찬미와 아름다운 음악을 하며, 정다운 행동을 해서 집 안에 햇빛이 비치는 것 같았다. 진주는 시집갈 날이 가까이 오자 좋은 소리를 그치고 기뻐하는 모양도 없이 가만히 지냈다. 아버지가 집 안이 조용한 것을 보고 말하기를,

"우리 소리 잘하는 새가 어디 갔느냐?"
하였는데, 진주는 머리를 숙이고 대답하지 못했다. 어머니가

남편의 귀에 대고 가만히 말하기를,

"말하지 마시오, 이 딸이 우리 품에서 나가 생소한 집에 갈 줄 알고 그러합니다."

하니, 그 아버지가 대답하기를,

"딸을 낳는 폐단이 이렇다. 날 때부터 장성하기까지 날로 더 귀하고, 꽃이 차차 피는 것과 같이 아름다운 행실이 더욱 퍼지다가 마침 저도 알지 못하고 우리도 그 성품이 어떠한지 알지 못하는 남편이 와서 부모 품에서 빼앗아 가는 것이라."

하고, 한숨을 쉬고 나서 말하기를,

"우리 딸이 나간 후에는 이 집이 얼마나 적막할꼬?"

하니, 아내가 남편의 손을 잡고 말하기를,

"그때에는 우리 고적한 부부가 서로 더욱 가깝게 지냅시다."

하니, 남편이 아내의 손을 만지며 말하기를,

"그리합시다."

하였다.

하루는 명실의 집에서 예장[禮狀: 혼인 때 신랑 집에서 예단과 함께 신부 집으로 보내는 편지]을 보내왔다. 진주가 어머니와 함께 앉아 어머니는 옷감을 마름질하고 진주는 옷을 짓고 있었

다. 진주가 어머니께 묻기를,

"어머니, 내가 곧 시집갈 터이니 어떻게 하여야 옳은 아내 직분을 할는지 가르쳐 주옵소서."

하니, 어머니가 대답하기를,

"네가 어렸을 때부터 내가 가르치지 아니하였느냐? 밥 짓는 일과 바느질 잘하는 것이 다 옳은 아내의 하는 것이다."

하니, 진주가 말하기를,

"그렇소마는 비록 아내의 직분을 잘하나 우리 남편 되는 사람이 나와 함께 사는 것이 재미없는 줄 알면 무슨 유익이 있어요? 어머니, 이 사랑하는 딸을 가르쳐 나의 남편이 사랑하게 하옵소서."

하니, 어머니가 대답하기를,

"성경책을 펴서 에베소서 5장 22절부터 보라."

하니, 진주가 성경책을 펴서 보니,

「지어미 된 자여 지아비께 순복[順服: 순순히 복종함]하기를 주께 순복하듯 하라. 대개 지아비가 지어미의 머리 된 것 또한 그리스도가 교회의 머리 됨과 같으니 친히 몸의 구주시니라. 교회가 그리스도께 순복함 같이 지어미들도 범사에 지아비께 순복할지니라」

하였다.

어머니가 말하기를,

"너는 이 경계대로 행하라."

하였다.

진주가 에베소서 5장 25절 말씀을 보니,

「지아비 된 자여 지어미 사랑하기를 그리스도가 교회를 사랑하사 위하여 몸을 버리심같이 하라」

하심을 보고, 근심스러운 기색을 내 말하기를,

"우리 남편 될 사람이 이 말씀대로 하면 그를 순순히 복종함이 어려운 줄 모르겠소."

하니, 어머니가 말하기를,

"옳다. 믿는 남편은 다 이같이 할 터이다. 그러나 남편은 어떻게 행하든지 너는 마음에 혐의를 두지 말고 용서하며 대답하지 말고 양순[良順: 어질고 순함]한 행위로 권면하여야 될 것이오, 또 옳은 아내가 되고자 하면 시집간 날부터 스스로 몸을 아끼지 말고 남편이 즐거워하는 것 외에는 행하지 말라."

하고, 이에 탁자 위에 걸린 활을 가리키며 말하기를,

"이것을 봐라. 남녀 배필이란 것은 이와 같으니 남편은 활등과 같고 아내는 활줄과 같아야 줄이 능히 그 등을 휘게 할 수 있다. 등을 따라 복종하는 것이다."

하니, 진주가 어머니의 말을 듣고 이어서 말하기를,

"그러나 시집이 멀고, 생소한 시어머니와 낯선 남편에게 시집가는 것이 참 근심스럽소."

하며 가만히 울었다. 어머니는 자기 딸이 눈물로써 옷감을 적시는 것을 보고 울며 말하기를,

"우리 귀한 딸아, 울지 마라. 나도 이 대사가 어떻게 될지는 알 수 없으나, 딸이 할 것은 하나밖에 없으니, 이는 하나님을 믿고 또 남편 된 사람을 믿어라."

하였다.

진주가 날마다 집에 있으면서 자기 옷을 지을 때에는 아름다운 용모가 각색 좋은 비단보다 뛰어났다. 그러나 옷을 바늘로 한 번씩 들 때마다 시집가서 일이 잘 되기를 바라기도 하고, 못 될까 걱정도 하며 답답하게 지냈다.

잔칫날이 이르자 친척 여인들이 분과 귀한 노리개로 진주를 단장시키는데, 아버지가 보고 말하기를,

"전에 자기가 잘난 줄 모르고 겸손하던 딸이 이제 단장하므로 교만하여질까 걱정이다."

하니, 어머니가 대답하기를,

　"그렇지 않소. 내가 전에 당신이 구약 성경 보는 것을 들으니, 「처녀가 단장을 잊고 신부가 의복을 잊을 수 있느냐」합디다. 이것은 마땅치 않은 일이 아니외다."

하니, 아버지가 대답하기를,

　"아마 그렇소이다."

하였다.

　혼례를 다 마친 후에 진주는 부모 친척과 이별하고 보교[步轎: 벼슬아치들이 타던 가마]를 타고 시집으로 갔다. 아버지가 딸의 내외가 가는 것을 보고 아내에게 말하기를,

　"우리 사랑하는 딸이 세월을 재미있게 보낼는지 섭섭히 보낼는지 다 자기가 보고 들은 적 없는 소년에게 달렸도다."

하니, 아내가 한숨 쉬고 대답하기를,

　"그렇소이다."

하고, 이어서 또 말하기를,

　"그러나 저가 그대와 같으면 걱정이 없겠소이다."

하니, 남편이 아내를 다정하게 보며 말하기를,

　"딸이 어머니를 닮았으니 아마 그러할 듯하외다."

하였다.

신랑 명실이 말을 타고 앞서가니 진주가 가마의 주렴[珠簾: 구슬 따위를 실에 꿰어 만든 발] 틈으로 신랑의 기상을 엿보고는 호걸스러운 줄 알고 마음에 기뻐하였다. 그러나 그 마음이 어떠한지 몰라 더욱 갑갑해 하다가 마침 어머니가 하시던 말씀에 하나님을 믿고 신랑을 믿으라 함을 기억하고 마음이 조금 평안해졌다.

시집에 이르니 거기서도 또 잔치를 베풀었다. 잔치를 마친 후에 진주는 자기가 있을 방을 잘 꾸민 것을 보고는 시부모가 자기를 사랑하는 마음으로 오기를 기다려서 예비한 줄 알고 마음에 기뻐하였다. 밤이 되어서 진주는 방에 혼자 있게 되었다. 어머니가 하던 말은 다 잊어버리고 사로잡힌 노루와 같이 몸을 떨며 두려운 마음밖에 없었다. 이때에 신랑이 밖에서 어정어정 하며 마음에 생각하기를,

'내가 이후로는 왕과 같이 되고, 내 신부가 단정하고 양순한 처녀이니, 내가 어떻게 하여야 학정은 버리고 선정을 행할 수 있을까? 부디 내가 이 혈기로써 연약한 아내를 압제하지 않고 인정을 나타냄으로써 그 마음을 얻은 후에야 내 원대로 하리니, 참 진주같이 내 품에 감추어 내가 죽을지언정 저를 보호하리라.'

하고, 그 방에 들어가려는데, 방 안에는 신부가 엄정하게 앉아 있었다. 구약 성경의 대제사장이 성소에 들어가는 것과 같은 느낌이 들어 신랑은 문밖에 엎드려 하나님께 기도하기를,

"하나님께옵서 나로 하여금 이 혈기를 참고 인정을 나타내게 하여 주옵소서."

하고, 방에 들어갔다.

제2장

진주는 남편이 자기를 귀하게 여겨 아끼려는 마음을 보자 근심스럽고 무서운 마음은 안개가 햇빛을 받고 사라지는 것 같이 없어졌으며, 도리어 남편을 사랑하는 정의[情誼: 서로 사귀어 친해진 정]가 샘물이 뿜는 것 같았다. 또 마음속으로,

'공주가 오더라도 나보다 더 복 받는 이가 없다.'

하고, 종일토록 일하면서 마음에 먹은 생각은,

'내가 어떻게 따르고 복종하여야 그 인정을 갚을 수 있을까?'

하였다. 진주는 어떤 때에는 기쁨을 이기지 못하여 좋은 음악도 하고, 어떤 때에는 소리 없이 마음으로 그 남편이 저사랑하는 것을 읊기도 하여 남편이 없을 때라도 마음으로 남편을 모시고 있고, 남편이 올 때 되면 그 발소리를 분별하여 반갑게 영접하며, 또 깨끗하고 보기 좋게 하려고 이레 동안에 한 번씩 목욕하며, 목욕한 후에는 머리 빗고 옷을 더럽게 입지 않았다.

명실은 아내가 이른 아침에 부엌에서 밥을 지으며 찬미함을 듣고서 말하기를,

"우리 아내가 종달새와 같이 아침에 일찍 일어나서 처량한 소리로 하늘에 날린다."

하고, 아침과 저녁에 아내를 인도하여 함께 하나님께 기도하였다.

그런데 어머니가 비록 예수를 믿으나 아들과 며느리가 인정스럽게 지내는 것을 보고 시기하여 말하기를,

"네가 아내를 이같이 아끼면 오래지 아니하여 저가 너를 사람이 아니라고 하여 아내의 직분을 가볍고 소홀히 여겨 제 고집대로만 할 것이다."

하니, 명실이 대답하기를,

"어머니, 그렇지 않소이다. 지아비가 지어미를 너그러이 대접하면 지어미에게 너그러운 대접을 안 받을 수 없소이다. 오직 부부간에 할 덕목은 둘이 다 자기 성품을 닦고 허물을 고쳐 피차 즐겁게 하려 함이니, 그간에 폐단 될 것은 그 덕목을 어그러지게 하여 남편 된 자는 아내의 허물만 보고, 아내 된 자는 그 남편의 허물만 보아 각각 자기만 즐겁게 하려는 것입니다."

하니, 어머니가 머리를 꼬며 말하기를,

"이제 보아야 알겠다."

하였으나, 그 마음에는,

'너희 아버지와 내가 믿을 때부터 이 덕목대로 하였다면 믿은 후로 여러 번 부끄럼을 면할 뻔하였다.'

하였다.

명실이 또 말하기를,

"배필 중에 하나는 덕목대로 하고 하나는 그대로 하지 않는 것은 그 둘을 크게 어그러지게 하는 것입니다. 또한 사람이 잘못해도 둘이 다 잘못하는 것은 아닙니다. 비록 아내의 마음이 소소[少小: 작고 대수롭지 않음]해서 그 남편이 잘 대해 줌에도 같은 것으로 갚지 않고 가볍고 소홀히 여긴다 해도 예수를 믿고 따르는 남편은 옳은 대로 할 수밖에 없습니다."
하였다.

부부간에 이처럼 서로 사랑하고 귀히 여기는 중에도 뜻이
서로 맞지 않은 때가 없는 것은 아니었다. 만일 마음이 서로
맞지 않을 때에는 피차 위태한 지경에 빠지기 쉬운 줄 알고
곧 하나님께 기도하여 힘 받는 대로 그 분노하는 마음을 막
았다. 혹 잠시 급한 마음으로 잘못하다가도 곧 뉘우치는 마
음을 받아 서로 자복하고 용서하여 더욱 평안히 지냈다.

하루는 명실이 내외가 수작할 때에 진주가 말하기를,

"이같이 심히 즐거운 중에도 한 가지 걱정 되는 것은 우리
내외가 서로 심히 사랑해서 하나님을 잊고, 또 남편 섬기기
를 하나님을 섬김같이 하여 죄를 지을까 걱정입니다."
하니, 명실이 대답하기를,

"그렇지 않소이다. 성경에 예수와 그 믿는 백성이 연합하
여 교통하는 것을 믿는 부부에게 비교하여 가르치지 아니
하였소?"
하였다.

이렇게 수개월을 지내던 중에 명실이 그 아내가 깊이 생
각하는 양을 보고 말하기를,

"무엇을 이같이 깊이 생각하느뇨?"

하니, 진주가 남편의 손을 잡고 온화하게 그 얼굴을 우러러 보며 조용히 말하기를,

"하나님께서 허락하시니 내년 5월이 되면 당신이 아버지가 될 것입니다."

하니, 명실이 그 말을 듣고 곧 그 아내를 품에 안고 이어서 묵상하다가 말하기를,

"감사하도다. 하나님께서 이 천한 사람에게 당신의 마땅한 권능을 베풀어 사람을 낳게 하시니 대단히 큰 은혜로다."

하고, 내외가 기뻐하였다. 하나님께 받는 부모의 직분이 무겁기에 가볍고 소홀히 받을 수 없는 줄 깨닫고는 둘이 함께 엎드려 아기를 하나님께 바치고, 또 아기를 위하여 복을 빌고 부모도 아이를 옳은 길로 인도할 힘을 얻을 수 있도록 빌었다.

진주가 전에도 유순하여 순종을 잘 하였거니와 아기를 잉태한 때부터 아기는 그 어머니의 성품대로 따르는 줄 알고는 자기 마음을 잘 다스려 성내는 것과 시기하는 것과 남을 미워하여 욕하는 것과 잔말하는 것을 다 버리고 더욱 남을 사랑하여 복종할 마음으로 지냈다. 명실이도 아내가 어머니

가 되어 임신 중에 있을 동안 천만 괴롭고, 해산할 때에도 죽을 욕을 볼까 하여 전보다 더욱 사랑하며 아끼고 보호하려고 하였다. 그러나 태모[胎母, 임산부]를 어떻게 보호해야 좋을지 모르더니, 하루는 그곳에 와서 머물러 있는 매서에게 『태모위생』이라 하는 책을 사서 보고 그 가르친 대로 하였다. 아내의 마음을 평안하게 하고자 악한 소리와 모든 좋지 못한 것을 듣고 보지 못하게 하고, 범사에 마음을 답답하게 하지 않으며, 괴로운 중에 더 괴로울까 하여 아무쪼록 따뜻한 마음만 나타냈다.

진주의 몸이 점점 무겁게 되어가자 명실이는 태모가 심히 괴롭고 또 낙태가 될까 걱정되어 진주에게 힘든 일은 하지 못하게 했다. 진주는 지아비의 분부를 받아 힘든 일은 하지 않으니 시어머니가 화가 나서 말하기를,

"이렇게 게으른 며느리는 처음 보았다. 너는 밥만 먹고 일은 아니 하느냐? 어서 빨랫감을 가지고 시냇가에 가서 빨래 해 와라."

하였다. 진주는 시어머니의 명대로 하지 않을 수 없어 함지에 빨래를 이고 나가다가 남편을 만났다. 남편이 말하기를,

"이것이 웬일이오?"

하니, 진주가 대답하기를,

"시어머니가 분부하였소."

하니, 명실이 아내와 함께 집에 들어가 어머니에게 말하기를,

"어머니, 며느리가 남편과 시어머니께 순순히 복종함이 옳소마는 시어머니 말씀이 남편의 말과 맞지 않으면 불가불 순종치 못할 터이니 어머니는 그렇게 마세요."

하니, 어머니가 한탄하며 말하기를,

"무슨 말이냐? 며느리나 자식이 부모의 말대로 안 할 수가 있느냐?"

하니, 명실이 대답하기를,

"어머니가 옳소마는 에베소서 5장 31절에 「사람이 장가가면 그 부모를 떠나 지어미와 합하여 그 둘이 한 육체가 된다」 하신 말씀을 생각하여보니, 내 사랑하는 어머니라도 우리 부부의 정을 가를 수는 없소이다."

하니, 어머니가 아들의 주의를 막을 수 없어서 외면하여 웅울웅울 하였다.

진주가 해산할 때에 명실이 아내의 천신만고하는 것에 참여할 수가 없어서 집에서 위로하고 도와주니, 진주가 쇠진

한 가운데 말하기를,

"예수께서 내 영혼을 구원하시고 우리 남편이 내 몸을 구원했습니다."

하고, 또 아들 낳은 줄 알고 말하기를,

"지금은 내가 하나님께 아들을 얻었습니다."

하고, 부부가 피차 즐거워 하나님께 감사하였다.

해산한 후에도 이레 동안은 명실이 아내를 보호하여 가만히 방에 있게 하고 밖으로 나오지 못하게 하여 몸조리를 잘하였는데, 어머니는 더욱 꾸짖고 비양[남에게 약이 오르도록 조롱함]하였다.

하루는 명실이 내외와 모친이 함께 문 밖에 있을 때에 이웃집에서 요란한 소리가 났다. 남편은 호령하고 아내는 거슬러 대답하여 안 하겠다 하며 소리도 질렀다. 옷을 벗고 머리를 풀어헤친 여인이 문을 박차고 나와 도망하니, 남편 된 자가 몽둥이를 던지며 쫓아냈다. 명실이 그 어머니에게 말하기를,

"어머니, 이 일을 보세요, 이 두 집 중에 어느 집의 법이 나으뇨?"

하니, 어머니의 마음이 갑자기 변하여 말하기를,

"아들의 하는 일이 옳도다. 지금 내가 깨달아보니 이 담 사이 이편은 천당이 있고, 저편은 지옥이 있도다."

하였다.

새로 혼인하여 배필 된 부부들과 장차 혼인할 남녀들아, 내 경계하는 말을 들어보라. 사람이 하는 일 중에 혼인하는 것이 제일 중대한 것이니, 배필마다 일이 잘 되기를 바랄 뿐만 아니라 무슨 묘책을 베풀어야 할지니, 이 묘책은 부부 둘이 다 서로 아끼고 서로 사양하며 피차 자복하여 용서하며, 서로 참고 견디는 것이오. 또 지어미 된 자는 지아비가 좋아하고 미워하는 것을 알고 아는 대로 저의 행동거지와 집안일을 잘 단속할 것이오. 지아비 된 자도 지어미에게 따뜻한 마음을 베푸는 것 밖에는 마음을 감동케 할 권능이 없는 줄을 알 터인데, 도리어 지아비 된 자는 제 주먹의 힘만 믿고, 또 지어미 된 이는 그 지아비를 거스르니 그 차이가 얼마나 크리오? 이 경계대로 행하면 부부가 다음 생에 낙원에 들어가 영원한 복을 누릴 뿐만 아니라 이 누추한 세상에 있을 때라도 낙원을 만들고 그 가운데 있을 수 있으리니, 머지않아 온 조선 나라에도 이와 같은 금슬지락으로 집집마다 채우기를 바라노라.

해설

　이 책은 한국 최초의 근대 대학인 숭실대학교의 설립자 월리엄 마틴 베어드(W. M. Baird, 배위량(裵緯良))의 부인인 애니 로리 아담스 베어드(Annie Laurie Adams Baird, 안애리(安愛理), 1864.9.15.~1916.6.9.)가 창작한 〈장자로인론〉, 〈고영규전〉, 〈샛별전〉, 〈부부의 모본〉을 읽기 쉽도록 현대어로 번역한 것이다.

　1.

　애니 로리 아담스 베어드는 1864년 9월 15일 미국 인디애나 주 그린스버그의 제이콥 아담스(Jacob Adams)와 낸시 해밀턴(Nancy Hamilton) 사이의 8남매 가운데 여섯째로 태어났고 그 밑으로 쌍둥이 남동생이 있었다. 막내 동생인 제임스 아담스(James E. Adams, 安義窩) 선교사는 대구지역 기독교의 초석이 되었다.

애니 베어드는 교육을 중시하는 아담스 가문의 전통에 따라 언니들과 마찬가지로 미스 피바디즈 신학교(Miss Peabady's Female Seminary)에서 공부하였고, 1883년부터 1884년까지 하노버 대학을 다녔다. 아버지의 죽음으로 캔자스 주 토피카로 이주하였다. 와쉬번 대학을 1884년에서 1885년까지 수학하여 L. L .L(Lady of Liberal Learning) 학위를 취득하였다. 그녀는 해외 선교사의 꿈을 가지고 캔자스 YMCA에서 일하면서 학생자원운동 집회에서 베어드를 만나 1890년 11월 18일 캔자스 토피카 제일장로교회에서 결혼한 후 1891년 1월 29일 미국 북장로회 소속 선교사로 한국에 도착했다.

그해 9월 베어드 부부는 부산지역 담당 선교사로 임명되어 활동을 시작했다. 1892년 9월에는 베어드 부부의 첫 딸 낸시 로즈(Nancy Rose)가 태어났다. 낸시는 부산의 유일한 외국인 아이였으나 안타깝게도 1894년 5월 13일 뇌척수막염으로 세상을 떴다. 그녀는 낯선 땅에서 살아가며 겪게 된 외로움과 첫 딸을 잃은 아픔을 여전히 우리에게 친숙한 찬송가 〈멀리 멀리 갔더니〉의 가사를 번안해 담아놓았다. 그 해 첫아들 존(John Adams)이 태어났다. 1895년에는 한글로 〈쟝자로인론〉과 〈고영규젼〉을 창작했다. 1896년 대구를 거쳐

서울로 이주하고, 그해 한국어 교습서인 *Fifty Helps: for the Beginner in the Use of the Korean Language*를 삼문출판사에서 초판(64쪽)을 간행하였으며, 한글 소설인 〈샛별전〉(The Story of Sait Pyul)을 지었다. 그 다음 해인 1897년 2월 윌리엄 마틴 베어드 2세가 태어났다. 1898년 9월 리처드 해밀톤(Richard Hamilton)이 태어났다. 1899년 첫 안식년을 한국을 떠나 미국에서 보냈다. 1900년 자녀의 교육문제로 고민하다가 외국인 학교의 필요성을 역설하고 동료 선교사들의 지지로 평양 외국인 학교를 시작하였다. 1901년 12월 5일 아더 패리스(Arthur Faris)가 태어났으나, 1903년 1월 18일 폐렴으로 세상을 떠났다.

애니 로리 아담스 베어드는 탁월한 언어 능력으로 남편 베어드를 도와 평양 숭실대학과 중학교의 과학교과서 시리즈 가운데 『동물학』(1906), 『생리학초권』(1908), 『식물도설』(1908)을 발췌·편집·번안·번역하였고, 『청년필지』(Sylvanus Stall's What A Young Boy To Know 1897, 1907)를 번역출판하고, 『만국통감』(Sheffield's Universal History, 1911~1915)을 교열하였다. 또한 한글 소설 『부부의 모본』(An Example to Married People, 1907)을 출간하였다.

1908년 암 진단으로 1차 수술을 받았고, 에베슨 선교사의 권유에 따라 존스 홉킨스 대학 병원에서 치료를 받았다. 병중에도 평양지역에서 다양한 분야에서 활동을 하였으며, 저술활동도 활발히 전개하였다. 1909년에는 미국 뉴욕에서 영문소설 *Daybreak in Korea: A Tale of Transformation in the Far East*(한글 번역본: 유정순 역, 『먼동이 틀 무렵』(대한기독교서회, 1980): 심현녀, 『어둠을 헤치고-빛을 찾은 사람들』(다산글방, 1994): 유정순, 『따라 따라 예수 따라가네』(디모데, 2006))를 발표하였고, 『우유장사의 딸이라』(Legh Richmond's The Dairyman's Daughter 1814, 1909)를 번역하여 예수교서회에서 출판하고, 찬송가를 번역하기도 하면서 문학적 감수성을 드러내기도 하였다. 그리고 〈고영규젼〉과 〈부부의 모본〉을 묶은 『고영규젼』(Two Short Stories, 1911)을 예수교서회에서 출간하였다. 몸이 불편하고 분주한 가운데서도 자신의 선교사역을 회고하면서 인간에 대한 따뜻한 마음을 담은 글을 썼는데, 이 글들을 모아 1913년 필라델피아에서 *Inside Views of Mission Life*(한글 번역본: 성신형·문시영 역, 『개화기 조선 선교사의 삶』(선인, 2019))라는 제목으로 출간하였다.

1915년 여름 암이 재발되어 사역을 중단해야 했다. 치료를 위해 미국으로 갔으나 더 이상 진전이 없자 그녀는 남편이 있는 평양으로 돌아왔다. 베어드 1916년 3월 1일 '대학문제(College Question)'로 숭실대학 학장에서 물러났다. 그 3개월 뒤 6월 9일 애니 베어드는 이 땅에서의 긴 싸움을 끝내고 이곳보다 그곳에서 조선인을 위해서 더 일을 많이 하실 것이라는 마음으로 숨을 거두었다. 장례식은 베어드 사택 마당에서 거행되었으며, 숭실대학 학생들이 번갈아 가며 운구했고, 첫째 딸과 막내아들이 외국인 묘지에 잠들었다.

2.

이 책에 수록된 네 편의 작품 〈장자로인론〉, 〈고영규전〉, 〈샛별전〉, 〈부부의 모본〉의 서지사항과 내용을 소개하면 다음과 같다.

〈장자로인론〉(The Story of Old Chang)은 1895년에 초판이 간행되었다. 숭실대학교 한국기독교박물관 소장본은 대한예수교서회에서 1906년(광무10, 병오)에 펴낸 것이다. 이 소책자는 삽화가 4컷 4면, 본문 내용이 13면, 총 17면으로 된 짧은 우화로 전도문서이다. 이 책은 마태복음 22장 1절에서

11절까지의 성경 내용을 삽화 4컷과 함께 특별한 구분 없이 우화와 설교 형식으로 풀어놓았다. 내용의 3분의 2 가량은 주인공 장 씨(장자) 노인을 중심으로 우화가 소개되어 있는데 그 내용은 마태복은 22장 1절에서 11절까지의 내용을 각색한 것이다. 그리고 "이 말씀이 거짓말 같아도 참말이요, 성경 육십 육권 가운데 큰 뜻이오."라고 시작하는 나머지 3분의 1 가량은 설교문 형식으로 되어 있다. 그 내용을 살펴 보면 다음과 같다.

어느 마을의 무엇 하나 부족한 것이 엇이 행복하게 살고 있는 장자 노인이 있었다. 그런데 장자 노인에게 근심이 하나 있는데, 그것은 그 동네 사람들이 살아가는 형편이 너무나 빈궁하고 희망이 없다는 것이다. 그래서 노인이 하루는 마음을 잡고 '일동 사람들은 그 고생과 걱정 근심을 다 버리고 내 집에 들어와서 나와 함께 영화를 누리자'라는 글을 하인들에게 마을 곳곳에 전하라고 한다. 그러나 초대 받은 사람들은 저마다 노인의 초대를 갖가지 구실로 선뜻 응하지 않는다. 겨우 몇 사람만 초대에 응하여 노인의 집에 들어가 노인과 행복하게 지낸다. 또 밤이 깊어지자 여러 사람들이 문 앞에서 서성거리는데 다 자신들이 입고 온 옷만을 고수하며 주인이 준 옷을 이고 오지 않았다. 그들은 노인의 집으로 초대되지 못했다. 그 밖의 사람들은 자신이 하던 일을 계속하고 있었는데 점점 밤이 깊어지자 마을에 갑자기 천둥과 지진이 일어나 그 동네가 땅 속으로 꺼져버린다. 그 후 이 이야기에 대한 설명이 이어진다. 여기서 말하는 장자 노인은 하나님이고 외아들은 예수이고 새 옷은 예수의 행적이다.

글의 끝부분에는 이 작품을 쓴 목적을 다음과 같이 썼다.

> 우리 바라는 것은 그 주인이 주시는 옷을 입고 가서 천당 문을 두드리면 하나님께서 반갑게 맞아 들여 그 영화로운 잔치에 참예할 것 밖에 더 바랄 것 없소. 이 말씀을 보는 사람은 오늘 마음을 작정하실 것은 사후에 가는 곳이 두 곳 밖에 없으니, 천당에 가는 것과 지옥에 가는 것이 어느 것이 좋을지는 이 말씀을 보신 후에 즉시 작정하시고 내일로 미루지 마시오. 사람의 사생을 모르는 것은 오늘 죽을지 모르는 것이니, 자세히 생각하시오.

이 작품은 애니 베어드의 선교 경험이 묻어나 있다. 왜냐하면 아직 기독교가 전파된 지 오래지 않아 사람들이 처음 듣거나 이해를 못하거나 외국 것이고 낯선 것이어서 받아들일 수 없다고 하는 상황에서 기독교를 어떻게 해야 거부감

없이 효과적으로 전할까하는 애니 베어드의 고민과 답이 묻어 있기 때문이다.

이 책의 제목이 왜 〈쟝자로인론〉인가라는 물음은 작품을 끝까지 읽다보면 답을 찾을 수 있다. 이 작품의 제목이 영어로 'The Story of Old Chang'이어서 『샛별전』, 『고영규젼』처럼 '장자노인전'으로 이름 붙여야 할 것 같지만 내용을 보면 우화와 설교의 형식으로 된 전도문서이기 때문에 〈쟝자로인론〉으로 정한 것이 아닌가라고 추측해본다.

〈고영규전〉과 〈부부의 모본〉은 각기 1895년, 1907년에 창작되었지만, '고영규전'이라는 책 이름으로 한 데 묶어서 1911년 경성 예수교서회에서 간행되었기에 함께 소개한다. 이 책의 표지는 '高永規傳 고영규젼'으로 되어 있으며, 다음 장에는 'TWO SHORT STORIES BY MRS. W. M. BAIRD' 라고 표기해 영문 제목과 지은이를 밝혔다. 판권지에는 편집인으로 '美國人 裵夫人'임을 명시하여 이 책이 윌리엄 마틴 베어드의 부인인 애니 베어드의 작품임을 명시하고 있다. 총 46면으로 이루어져 있는데, 〈고영규전〉이 삽화 6컷, 6면을 포함한 25면, 〈부부의 모본〉이 삽화 4컷, 4면을 포함한 21면이다. 10컷의 삽화는 천로역정 초간본(번역)의 삽화와 같은 그림으로 당대의 풍속화가 기산(箕山) 김준근(金俊根)이 그린 것이다.

〈고영규전〉은 제1장에서부터 제5장까지 다섯 부분으로 나누어져 있다. 회장체 형식을 취하고 있으나 장 제목은 없이 이야기가 전개된다. 제1장은 주인공 영규의 인생에 대한 질문, 제2장은 보배와의 결혼과 박대, 제3장은 영규의 방탕과 예수를 통한 거듭남, 제4장은 보배의 고난과 인내, 제5장은 화목한 가정과 복음 전파로 구성되어 있다. 소설의 줄거리는 다음과 같다.

고영규는 열세 살 난 시골 소년으로 일찍 부모를 여의고 한때 공부를 하다가 가난하여 집에서 농사일을 도우며 지낸다. 곧잘 자연을 바라보며 만물의 이치와 인생을 고민하면서 사후 세계에 관해 생각하고 인간의 존재 의미와 인생의 목적, 그리고 보다 나은 삶을 위해 고심을 한다. 이러한 문제를 해결하기 위해 신령한 마음을 얻기 원하나 뜻을 이루지 못하고 장성하는데, 그의 할머니는 혼례를 준비한다. 한편, 영규의 정혼녀인 길보배는 어머니를 도와 집안일을 거들고 있는데, 시집가기를 원하지 않았으나 부모의 권유에 못 이겨 결혼한 후 남편의 미움을 받으면서도 집안을 잘 이끌어 간다. 보배는 아들을 못 낳아 남편에게 소박을 맞을까 낙심하여 부처에게 백일기도를 하지만 잇달아 딸을 낳는다. 보배가 둘째, 셋째까지 딸을 낳자 영규는 아내를 박대하고 집을 나간다. 그는 도중에 전도자를 만났으나 그의 말을 무시하고 서울로 가 외입과 노름으로 돈을 잃고 옥에 갇히게 된다. 옥중에서 다시 인생의 참다운 의미를 되새기는 가운데 또 다른 전도자를 만난다. 그가 전하는 복음을 듣고 죄인을 구원하는 하나님과 예수의 구원과 형벌의 의미를 생각하며 새롭게 거듭난다. 아내가 보내준 돈을 내고 출옥하여 고향으로 돌아오는 중 하나님의 은혜를 경험한다. 보배는 미신을 공경하며 귀신에게 복을 비는데, 밭을 팔아 그 돈을 남편에게 보낸 후 살림 걱정이 더해진다. 그녀는 이웃 여인에게서 예수가 귀신보다 더 능력이 있다는 말을 듣고서는 칠성단에 정화수를 떠놓고 하나님이 자신에게 예수를 믿게 해줄 것과 남편이 돌아올 수 있도록 기도한다. 영규는 집에 돌아와 보배에게 그간 자신의 잘못에 관해 용서를 구하며 예수를 믿고 새 마음을 얻었음을 알린다. 영규 부부는 하나님에게 엎드려 함께 기도하고 예수를 믿고 따를 것을 작정하며, 그동안의 잘못을 회개하고 서로 용서한다. 할머니도 이들을 보며 감명을 받는다. 영규는 가정을 잘 다스리면서 살아서는 천당을 위해, 사후에는 영원한 복락을 같이 누릴 것을 바라며 이웃사람에게 복을 전파하니 그를 따라 믿는 사람이 많이 생긴다.

〈부부의 모본〉은 제1장과 제2장으로 나누어진 회장체 형식을 취하고 있는데, 장 제목이 없이 주인공 박명실과 양진주 두 사람의 결혼을 통한 부부애와 고부간의 갈등관계를 다루고 있으며, 기독교적인 사랑으로 가정을 이끌어 나가는 서사구조를 이루고 있다. 작품의 줄거리는 다음과 같다.

어렸을 때부터 믿는 가정에서 성장한 박명실은 하나님을 공경하고 부모의 가르침을 받으며 생활한다. 20세가 되자 결혼에 대비해 몸과 마음을 정결하게 하고 성경의 말씀에 따라 부부와 가정에서 지켜야 할 도리를 익힌다. 박명실과 정혼한 양진주는 부모를 효성으로 섬기며 결혼을 앞두고는 어머니로부터 아내의 직분과 가사에 대해 익히고 성경의 내용에 따라 지아비에게 순복하기를 배운다. 양진주의 어머니는 딸에게 남편으로서의 도리를 가르치는데, 시집가는 것을 두려워하는 딸에게 하나님과 남편을 믿으라며 위로한다. 혼례를 한 양진주는 부모 친척과 이별하고 시집으로 가면서 신랑이 어떤 사람인지 궁금해 한다. 진주가 불안해하고 있을 때, 신랑 명실은 신부를 진정으로 사랑할 수 있기를 하나님께 기도하고 신부의 방에 들어간다. 진주는 남편이 자기를 아끼는 줄을 알고 아내의 도리를 다하고, 명실 역시 아내와 더불어 하나님께 감사 기도를 하며 금슬 좋게 지내자 명실의 어머니가 부부를 시기한다. 진주는 자기들이 너무 사랑하여 하나님 섬기기를 소홀히 할까 염려하자, 명실이 성경에 예수와 성도들이 부부로 비유되었음을 들어 안심시킨다. 진주가 잉태하자 부부는 서로 사랑으로 태교를 하고, 진주가 남편의 말에 따라 힘든 일을 하지 않자 시어머니가 노하게 된다. 이에 명실은 어머니에게 성서 내용을 들어 부부는 일신이라며 진주를 변호한다. 진주가 아들을 낳자 부부는 감사의 기도를 드린다. 명실이 진주에게 이레 동안은 밖에 나오지 말라고 하자, 시어머니는 며느리를 더욱 꾸짖고 역정을 낸다. 옆집 부부가 가정불화로 싸움을 하다 부인이 집을 나가버리는 것을 본 어머니는 자기 아들의 처신이 옳았음을 뒤늦게 깨닫는다. 작중화자는 부부들이 서로 사랑하고 용서하며 집을 잘 단속하여 조선에서의 가정들이 낙원

같이 되기를 바란다.

〈고영규전〉은 인생의 존재 의미를 추구하던 인물이 세속적인 시련을 겪고 난 후, 복음을 통해 새로운 삶으로 거듭나고 이상적인 가정을 이루어 행복한 삶을 영위하고 있음을 소설적으로 그린 것이다. 〈부부의 모본〉은 기독교를 믿는 가정에서 성장한 주인공들이 결혼하여 기독교적 가치관을 지니고 생활하며, 전통적인 가정의 문제점으로 대두된 고부 간의 갈등 관계를 기독교적인 사랑과 부부애를 통해 극복하고 화목한 가정을 이룬다는 것을 소설적으로 형상화한 것이다. 이렇게 두 작품은 기독교의 전파 과정에서 나타나는 전통적인 인습과의 마찰을 슬기롭게 극복하는 모습을 대중들에게 익숙한 소설 형식을 통해 말함으로써 효과적으로 기독교 사상을 전달하고 있다.

〈샛별전〉은 '샛별'을 주인공으로 하여 1896년에 창작된 소설이다. 책 이름은 '싯별전'이며, 영문 이름은 'Story of Sait Pyel'이다. 책은 이야기 중간에 삽입된 삽화 4컷, 4면을 포함한 26면의 얇은 책자로, 1905년에 대한예수교서회에서 다시 간행하였다.

이야기는 대한의 아무 데에 사는 김 씨는 홍경대의 아내

인데, 남편 홍경대가 서울에 가고 없을 때에 온갖 귀신이
괴롭혀서 마음이 뒤숭숭한 채 하루하루를 지내는 것으로 시
작한다. 그러던 어느 날 남편 경대가 열너댓 살 쯤 되는 계
집아이를 데리고 돌아온다. 김 씨가 궁금해 하자 경대는 자
신의 조카딸인데 학당에 다니다가 난리로 부모를 잃어서 데
리고 왔다고 한다. 계집 아이 이름은 샛별인데 시력이 좋지
않지만 일은 잘 하는 아이다. 샛별이가 밤에 기도하는 소리
를 들은 김 씨는 집 귀신에게 죄를 범할까 두려워하면서 샛
별이를 미워하고 박대한다. 이웃사람들도 샛별이가 외국 학
당에서 공부하였다는 사실을 알고 샛별이를 궁금해 한다.
하루는 샛별이가 강에 빨래하러 가자 여인들이 학당에서 무
슨 공부를 했는지 묻는다. 샛별이는 여러 가지 요긴한 것을
배우기도 하지만 제일 유익한 것은 예수교라고 말하고 나서
여인들과 문답을 하며 예수에 대해 자세히 이야기해 준다.
김 씨가 집을 비운 사이에 샛별이가 찬송을 하자 이 소리를
들은 이웃 여인들이 샛별의 방에 들어와서 기독교에 대해
묻고 샛별은 대답해 준다. 김 씨가 장에서 돌아와 이 장면을
목격하고 샛별이를 몹시 때리나, 샛별이는 성경 구절을 암
송하며 이겨낸다. 그 후 홍경대의 외아들 삼복이가 병이 들

자 김 씨는 샛별이를 탓하며 내쫓는다. 김 씨는 무당을 불러 굿을 하지만 삼복이의 병은 더 깊어만 간다. 샛별이 찾아와서 성경 말씀을 들어 김 씨를 위로하지만 듣지 않고 내쫓는다. 결국 삼복이는 죽고 경대 내외는 염병이 들었으나 이웃 사람 누구도 돌보지 않는다. 샛별이가 다시 가서 지극 정성으로 간호하여 둘을 낫게 하였으나 오히려 샛별에게 병이 옮는다. 경대 내외가 뉘우치고 샛별이를 간호하였으나 병이 낫지 않는다. 급기야 샛별이는 성경 구절을 외운 후에 "이제부터는 어둡던 눈 보리라"라는 말을 마지막으로 하고 죽는다. 경대 내외는 샛별이의 일을 기이하게 여겨 예수교가 무엇인지 알기 위하여 서울로 올라가서 전도교사를 찾아 샛별이 전한 것을 확인한다. 경대 내외는 죄를 회개하고 주를 믿게 되어 향리로 돌아와서 예수교를 전한다. 듣고 보는 사람들이 회개하고 돈을 모아 회당을 설립하고 교사를 청하여 도리를 강론하면서 샛별의 말을 전하니 믿는 이가 많이 생겼다며 이야기는 끝을 맺는다.

이렇게 이 소설은 주인공 샛별을 중심으로 하여 홍경대, 그의 아내 김 씨, 홍삼복, 마을 여인들을 주요 인물로 등장시키고 있다. 홍경대에 비해 그의 아내 김 씨가 작중에서 중요한 역할을 하고 있다. 즉 샛별과 대립되는 입장에서 샛별에게 수난을 가하는 부정적 인물로서 기능을 함과 동시에 구시대를 상징하는 인물로 등장하고 있다. 이는 미신을 굳게 믿으면서 아들 삼복이가 아플 때에 무당을 불러 굿을 하여 병이 낫기를 기원하는 모습에서 단적으로 드러나고 있다. 이에 반하여 샛별은 서울에서 외국 학당을 다닌 신식 여성이면서 예수교를 믿는 인물로 등장하고 있다. 샛별과 김 씨, 두 인물의 대립 갈등은 이 작품의 이야기 전개에서 핵심을 이루고 있다. 그것은 바로 구시대의 상징인 미신과 신시대의 상징인 기독교의 대립을 이야기하고자 한 것이다. 결국엔 샛별의 정성에 감복한 김 씨가 기독교를 믿게 됨으로써 기독교가 승리한 것으로 대미를 장식함으로써 이 소설의 의도는 분명히 드러난 셈이다.

소설의 특성을 적절히 활용함으로써 기독교를 전도하고자 한 작자의 의도가 돋보인다. 작자의 역량은 두 인물의 대립에서뿐만 아니라 동네 여인들을 통해서도 잘 드러나고 있다. 이야기 중간 중간에 동네 여인들과 샛별의 대화를 통해 기독교를 전파하려는 것이 그것이다. 은연중에 샛별의 편에 서게 되면서 기독교에 대한 이해를 돕고 있기도 하다.

3.

애니 베어드는 당시 대중들이 즐겨 읽는 독서물이 소설이라는 것을 인식했고, 기독교를 대중들에게 쉽게 전할 수 있는 방편으로 소설 형식을 활용하였다. 네 작품은 〈장자로인론〉(1895년), 〈고영규전〉(1895년), 〈샛별전〉(1896년), 〈부부의 모본〉(1907년) 순으로 창작되었는데, 각각 기독교를 이해시키기 위한 교리 설명(장자로인론), 복음을 통해 거듭나는 고영규(고영규전), 크리스천 샛별이를 통한 선교(샛별전), 기독교 가정의 이상적인 삶의 모습(부부의 모본)을 내용으로 삼고 있다. 작품에 따라 선교의 내용을 달리한 것이다. 점층적으로 기독교를 이해할 수 있게 함으로써 작자의 창작 의도를 분명하게 드러냈다.

조선 중기에도 성리학 사상을 대중들에게 전달하기 위해 소설 형식이 쓰인 점을 고려해 본다면, 소설은 대중 교화서로서의 역할을 충실히 하고 있음을 알 수 있다. 각 작품에는 성경 구절과 찬송가가 인용되어 있다. 인물의 대화 속에 녹여서 간접 인용된 경우도 있고, 직접 인용된 경우도 있다. 성경의 인용처는 본문의 해당 구절에 표기하지 않고 해당 구절의 괘선 밖에다 기록하는 형태를 취하고 있는 점도 특

징이다. 작품에서 성경의 내용을 직접 전달함으로써 전도서의 역할도 충실하게 한 것으로 볼 수 있다.

애니 베어드는 소설의 기능을 십분 활용하여 기독교 사상을 전달한 것이다. 당시의 독서 환경에 대한 이해가 없었다면 불가했을 터인데, 그만큼 작자는 한국 문화에 대해 잘 이해하고 있었던 것이다. 기독교 사상 전달의 효과적인 수단으로 소설을 활용한 실제 사례를 이들 소설을 통해 보여주고 있다는 점에서 의의를 찾을 수 있다.

장경남

번역자 소개

장경남

숭실대 국어국문학과 교수
숭실대 한국기독교문화연구원 원장
민족문학사연구소 공동대표

『임진왜란의 문학적 형상화』, 『전란의 기억과 소설적 재현』, 『역주 임진록』
(공역), 『근대 전환기 문학·예술의 메타모포시스』(공저), 『문화의 횡단과 메
타모포시스』(공저)

오지석

숭실대 한국기독교문화연구원 HK교수
한국기독교사회윤리학회장

『서양 기독교윤리의 주체적 수용과 변용』
『가치가 이끄는 삶』(공저)
『한국기독교박물관 자료를 통해 본 근대의 수용과 변용』(공저)
『유교와 종교의 메타모포시스』(공저)

메타모포시스 교양문고 1
구한말 선교사 애니 베어드의 한글 선교소설

2021년 4월 30일 초판 1쇄 펴냄

역 자 장경남·오지석
발행인 김흥국
발행처 보고사

책임편집 이순민
표지디자인 손정자

등록 1990년 12월 13일 제6-0429호
주소 경기도 파주시 회동길 337-15 보고사
전화 031-955-9797(대표), 02-922-5120~1(편집), 02-922-2246(영업)
팩스 02-922-6990
메일 kanapub3@naver.com / bogosabooks@naver.com
http://www.bogosabooks.co.kr

ISBN 979-11-6587-171-0 94810
       979-11-6587-170-3 94080(세트)
ⓒ장경남·오지석, 2021

정가 10,000원

이 저서는 2018년 대한민국 교육부와 한국연구재단의 지원을 받아 수행된
연구임(KRF-2018S1A6A3A01042723).